레우코와의 대화

레우코와의 대화
Dialoghi con Leucò

체사레 파베세 희곡소설 김운찬 옮김

DIALOGHI CON LEUCÒ
by CESARE PAVESE (1947)

이 책은 실로 꿰매어 제본하는 정통적인 사철 방식으로 만들어졌습니다.
사철 방식으로 제본된 책은 오랫동안 보관해도 손상되지 않습니다.

레우코와의 대화

7

역자 해설
파베세의 신화 다시 읽기

263

체사레 파베세 연보

271

네펠레

익시온[1]은 자신의 무례함으로 인해 타르타로스에서 벌을 받고 있을 가능성이 높다. 하지만 네펠레에게서 켄타우로스들을 낳았다는 것은 거짓이다. 켄타우로스들은 그의 아들이 결혼할 무렵에 이미 한 종족을 이루고 있었다. 라피타이족[2]과 켄타우로스들이 태어난 티탄 세계에서는 아주 다양한 성질이 서로 뒤섞이는 것이 허용되었고 괴물들이 자주 나타났는데, 결국에는 올림포스에서 그 괴물들을 무자비하게 처벌했다.

1 익시온은 배은망덕하게 헤라에게 욕정을 품고 범하려 했다. 그러자 제우스는 구름으로 헤라를 닮은 모습, 즉 네펠레(〈구름〉을 의미한다)를 만들어 냈고, 익시온은 그것과 결합하여 반인반마(半人半馬)의 괴물 켄타우로스들을 낳았다.

2 그리스 중북부 테살리아 지방의 부족으로 익시온도 라피타이족 출신인 것으로 알려져 있다. 그리스 신화에서 라피타이족은 특히 결혼식 피로연에서 벌어진 켄타우로스들과의 싸움 이야기로 유명하다.

네펠레와 익시온이 말한다

네펠레 익시온, 복종해야 하는 율법이 있어요.

익시온 네펠레, 율법은 이곳까지 미치지 않아요. 이곳을 지배하는 율법은 만년설과 폭풍우, 어둠이오. 그리고 날이 밝으면, 가볍게 절벽으로 다가가는 당신 모습은, 생각만 해도 너무 아름답소.

네펠레 익시온, 예전에는 없던 율법이 지금은 있어요. 더 강한 손이 구름들을 모으고 있어요.

익시온 그 손은 여기까지 미치지 않아요. 지금 날씨가 맑으니까 바로 당신이 웃고 있소. 그리고 하늘이 어두워지고 바람이 울부짖을 때면, 그 손이 물방울들처럼 우리를 때린다고 한들 뭐가 그리 중요하오? 예전에 주인이 없던 시절에도 그런 일은 있었소. 산 위에서는 아무것도 바뀌지 않았어요. 우리는 이 모든 것에 익숙하다오.

네펠레 산 위에서 많은 것이 바뀌었어요. 펠리온 산도 그것을 알고, 옷사 산과 올림포스 산도 그것을 알아요.[3] 더 야생적인 산들도 그것을 알고 있어요.

익시온 산 위에서 무엇이 바뀌었단 말이오, 네펠레?

네펠레 태양도 물도 바뀌지 않았어요, 익시온. 인간의 운명이 바뀌었어요. 괴물들이 있어요. 당신 같은 인간들에게 한계가 정해졌어요. 물, 바람, 절벽, 구름은 이제 당신들의 것이 아니에요. 당신들은 후손을 낳고 살아가면서, 이제 더 이상 그것들을 가까이 붙잡아 둘 수 없어요. 이제는 다른 손들이 세상을 붙잡고 있어요. 이제 율법이 있어요, 익시온.

익시온 어떤 율법이오?

네펠레 당신이 알고 있잖아요. 당신의 운명, 한계······.

익시온 내 운명은 내 손아귀에 붙잡고 있소, 네펠레. 무엇이 바뀌었단 말이오? 그 새로운 주인들은 혹시 내가 장난삼아 바위 하나 던지는 것을 저지할 수 있소? 아니면 내가 들판으로 내려가 적의 등짝을 쪼개는 것을 저지할 수 있소? 그들이 피곤함이나 죽음보다 더 끔찍할까?

네펠레 그게 아니에요, 익시온. 당신은 그 모든 것에다 다른 것까지 할 수 있어요. 하지만 이제 더 이상 당신은 우리, 산과 샘물의 요정들, 바람의 딸들, 땅의 여신들과 뒤섞일 수 없어요. 운명이 바뀌었어요.

익시온 이제 더 이상 당신은······ 그게 무슨 말이오, 네펠레?

---

3 펠리온 산은 그리스 테살리아 지방 남동쪽에 있는 높이 1,610미터의 산이고, 옷사 산은 펠리온 산과 올림포스 산 사이에 있는 높이 1,978미터의 산이다. 올림포스 산은 테살리아와 마케도니아 경계선에 위치해 있으며 높이 2,919미터로 그리스에서 가장 높은 산이다.

네펠레 만약 당신이 그렇게 하고 싶다면, 끔찍한 일들을 저지르게 될 것이라는 뜻이지요. 마치 동료를 쓰다듬으려고 하다가 그의 목을 조르거나, 아니면 그에게 목이 졸려 죽는 사람처럼 말이에요.

익시온 무슨 말인지 모르겠소. 이제 당신은 더 이상 산으로 올라가지 않을 것이오? 당신은 내가 두렵소?

네펠레 나는 산이나 어디든지 갈 거예요. 당신은 나에게 아무것도 할 수 없어요, 익시온. 당신은 물이나 바람에게 아무것도 할 수 없어요. 이제 당신은 머리를 숙여야 해요. 오로지 그렇게 해야만 당신 운명을 구할 수 있어요.

익시온 당신은 두려워하는군, 네펠레.

네펠레 나는 두려워요. 나는 산꼭대기들을 보았어요. 하지만 나를 위해 그런 것이 아니에요, 익시온. 나는 견딜 수가 없어요. 나는 인간에 지나지 않는 당신들 때문에 두려워요. 한때는 당신들이 주인처럼 달리던 이 산들, 당신들과 우리가 자유롭게 낳았던 이 창조물들이 이제는 손짓 하나에 떨고 있어요. 우리는 모두 더 강한 손 하나에게 예속되었어요. 물과 바람의 아들들, 켄타우로스들은 이제 깊은 협곡 바닥에 숨어 버렸어요. 자신들이 괴물이라는 것을 알고 있지요.

익시온 누가 그런 말을 하오?

네펠레 그 손에 도전하지 마세요, 익시온. 그것은 운명이에요. 나는 그들이나 당신보다 더 대담한 자들이 절벽에서 뛰어내리고도 죽지 않는 것을 보았어요. 내 말 잘 들어요,

익시온. 죽음이 예전에는 당신들의 용기였지만, 지금은 마치 재물처럼 빼앗길 수 있어요. 그것을 알아요?

익시온 그것은 당신이 여러 번 말했소. 그게 뭐 중요하오? 우리는 더 오래 살 것이오.

네펠레 농담으로 넘기는군요. 하지만 당신은 불멸의 존재들을 모르고 있어요.

익시온 그들에 대해 알고 싶구려, 네펠레.

네펠레 익시온, 당신은 그들이 우리와 같은 존재, 닉스, 테라, 또는 늙은 판[4] 같은 존재라고 생각하는군요. 익시온, 당신은 젊지만 옛날 운명 아래에서 태어났어요. 당신에게는 괴물들이 아니라 단지 동료들만 있을 뿐이에요. 당신에게 죽음은 마치 낮과 밤처럼 일어나는 일이에요. 당신은 우리와 똑같은 존재 가운데 하나예요, 익시온. 당신은 당신이 하는 행위에 완전히 몰입해 있어요. 하지만 그들에게, 불멸의 존재들에게 당신의 행위는 지속되는 의미를 갖고 있지요. 그들은 멀리에서 눈과 콧구멍, 입술로 모든 것을 더듬어 보지요. 그들은 불멸의 존재이고, 혼자서 살아갈 줄 몰라요. 당신이 수행하거나 수행하지 않는 것, 당신이 말하는 것, 찾는 것, 그 모든 것이 그들의 마음에 들거나 또는 마음에 들지 않아요. 그런데 만약 당신이 그들을 불쾌하게 하거나, 실수로 올림포스에 있는 그들을 방해한다면, 그들은 당신에게 달려들고 당신에게 죽음을 부여하

---

[4] 닉스는 그리스 신화에서 〈밤〉을 뜻하고, 테라는 로마 신화에서 〈대지〉를 뜻하며, 판은 목동과 가축의 신이다.

지요. 그들이 알고 있는 죽음, 그 쓰라린 맛을 느낄 수 있고 영원히 지속되는 죽음을 말이에요.

익시온 그러니까 또다시 죽을 수 있군.

네펠레 아니에요, 익시온. 그들은 당신을 마치 그림자처럼 만들 거예요. 생명을 다시 갖기 원하고, 더 이상 죽지 않는 그림자로 말이에요.

익시온 당신은 그 신들을 본 적이 있소?

네펠레 본 적이 있어요…… 오, 익시온, 당신은 지금 무엇을 묻고 있는지 모르는군요.

익시온 나도 그들을 본 적이 있소, 네펠레. 그들은 무섭지 않소.

네펠레 그건 나도 알고 있어요. 당신의 운명은 정해져 있어요. 당신은 누구를 보았나요?

익시온 내가 어떻게 알겠소? 그는 젊었고, 맨발로 숲을 가로지르고 있었소. 내 곁을 지나갔는데 나에게 한 마디도 하지 않았소. 그리고 어느 절벽 앞에서 사라졌소. 나는 누구인지 물어보기 위해 오랫동안 그를 찾았다오. 놀라움이 나를 꼼짝하지 못하게 만들었으니까 말이오. 마치 당신과 똑같은 육신으로 만들어진 것 같았소.

네펠레 단지 그만 보았나요?

익시온 그리고 꿈에서 여신들을 보았소. 나는 그들과 함께 있었고, 그들과 함께 말하고 웃는 것 같았소. 그들은 당신이 지금 말하는 것을 나에게 말했지만, 당신처럼 두려워하지도 않았고 떨지도 않았소. 우리는 함께 운명과 죽음에 대해 말했소. 올림포스에 대해 말했고, 우스꽝스러운 괴물들에 대해 웃었소……

네펠레 오, 익시온, 익시온, 당신의 운명은 정해져 있어요. 이제 당신은 산 위에서 무엇이 바뀌었는지 알고 있어요. 그리고 당신도 바뀌었어요. 그런데 당신은 자신이 인간 이상의 무엇이라고 믿고 있어요.

익시온 분명히 말하지만, 네펠레, 당신은 그들과 똑같아요. 무엇 때문에 꿈에서조차 내 마음대로 하지 말아야 한단 말이오?

네펠레 당신 정말 어리석군요. 당신은 꿈에서 멈출 수 없어요. 당신은 그들에게로 올라갈 거예요. 당신은 끔찍한 일을 저지를 거예요. 그리고 죽음이 올 거예요.

익시온 모든 여신의 이름을 나에게 말해 봐요.

네펠레 보세요. 벌써 꿈만으로 당신에게 충분하지 않잖아요? 당신의 꿈을 현실인 것처럼 믿잖아요? 부탁이에요, 익시온, 산꼭대기로 올라가지 마세요. 괴물들과 형벌들을 생각해요.

익시온 어젯밤에 나는 또 다른 꿈을 꾸었소. 거기에는 당신도 있었소, 네펠레. 우리는 켄타우로스들과 싸웠지. 나에게 아들이 하나 있었는데, 누군지 모르지만 어느 여신의 아들이었소. 바로 그 젊은이가 숲 속을 가로질러 간 것 같았소. 그는 나보다 훨씬 더 강했소, 네펠레. 켄타우로스들은 달아났고, 산은 우리 것이 되었소. 네펠레, 당신은 웃고 있었소. 봐요, 꿈속에서도 내 운명은 받아들일 만한 것이오.

네펠레 당신의 운명은 정해져 있어요. 아무런 벌도 받지 않고 여신에게 눈길을 들어 올릴 수는 없어요.

익시온 떡갈나무의 여신, 저 꼭대기들의 여주인에게도 말이오?

네펠레 익시온, 어느 여신이든 중요하지 않아요. 하지만 두려워하지 마세요. 내가 끝까지 당신과 함께 있을 테니까요.

키마이라

그리스 젊은이들은 자신을 빛내고 죽기 위해 기꺼이 동방으로 갔다. 동방에서 그들은 고결한 용기로 사람들이 맞설 수 없는 믿기 어려운 역경들로 가득한 바다를 항해했다. 게다가 그런 〈십자군 원정〉은 일곱 번이 훨씬 넘었다. 키마이라를 죽인 자[5]를 말년에 소진시킨 슬픔과, 젊은 나이에 트로이아 성벽 아래에서 죽은 그의 손자 사르페돈[6]에 대해서는 단지 호메로스가 『일리아스』 제6권에서 말하고 있을 뿐이다.

5 벨레로폰테스 또는 벨레로폰을 가리킨다. 코린토스 왕가 출신인 그는 날개 달린 말 페가소스를 타고 사자의 머리에 염소의 몸통, 뱀의 꼬리를 가진 괴물 키마이라를 죽였다.

6 『일리아스』에 나오는 사르페돈은 벨레로폰테스의 딸 라오다메이아와 제우스 사이에 태어난 아들로, 그리스 진영의 파트로클로스에게 죽임을 당했다.

히폴로코스[7]와 사르페돈이 말한다

히폴로코스 어서 오게, 조카.

사르페돈 당신 아버지를 보았어요, 히폴로코스 삼촌. 돌아오시려고 생각도 하시지 않아요. 흉한 모습으로 고집스럽게 들판을 배회하고, 궂은 날씨도 아랑곳하지 않고, 씻지도 않으세요. 늙고 초라한 모습이에요, 히폴로코스 삼촌.

히폴로코스 그분에 대해 마을 사람들은 뭐라고 말하던가?

사르페돈 알레이온 들판[8]은 황량해요, 삼촌. 온통 갈대와 늪지뿐이지요. 내가 그분에 대해 물어보았던 크산토스[9]에서는 며칠 전부터 그분을 보지 못했대요.

히폴로코스 그럼 그분은 뭐라고 하시던가?

사르페돈 우리나 집에 대해 기억하지도 못해요. 누군가를

---

7 벨레로폰테스와 필로노에 사이에 태어난 아들로 사르페돈의 외삼촌이다.
8 나중에 자만에 빠진 벨레로폰테스가 페가소스를 타고 올림포스에 오르려고 하자 제우스가 번개를 쳐서 떨어뜨렸다. 벨레로폰테스는 알레이온(〈방황의 들판〉이라는 뜻)으로 떨어져 눈이 먼 채 비참하게 방랑하다가 죽었다.
9 크산토스는 고대 리키아의 도시이다.

만나면 솔리모이족[10]과 글라우코스, 시시포스,[11] 키마이라에 대해 말하지요. 나를 보더니 이렇게 말하시더군요. 〈애야, 내가 네 나이라면, 벌써 바다에 몸을 던졌을 거야.〉 하지만 산 사람에게 위협을 가하지는 않아요. 나에게 말했어요. 〈애야, 너는 올바르고 자비로워. 사는 것을 그만둬라.〉

히폴로코스 정말로 그런 식으로 푸념하고 한탄하시던가?

사르페돈 위협적이고 무서운 말을 했어요. 신들을 불러 당신과 겨뤄 보자고 하셨어요. 밤낮으로 걸어가요. 하지만 죽은 자나 신들만 모욕하고 경멸해요.

히폴로코스 자네 글라우코스와 시시포스라고 했나?

사르페돈 그분들이 배신당해 형벌을 받았다고 말했어요. 무엇 때문에 그분들이 늙을 때까지 기다렸다가 서글프고 노쇠해진 순간에 기습했느냐고 말이에요. 이렇게 말했어요. 〈벨레로폰테스는 자기 근육 속에 피가 흐르는 동안 정의롭고 자비로웠지. 그런데 이제 늙고 외로운 마당에, 바로 지금에야 신들은 그를 버리는 것인가?〉

히폴로코스 이상한 일이군, 그런 것에 놀라시다니. 그리고 모든 산 자들이 부딪히는 것에 대해 신들을 비난하시다니. 그런데 그분은 그 죽은 자들과 무엇이 닮았단 말인가? 언제나 정의로웠던 그분이 말이야.

사르페돈 들어 보세요, 히폴로코스 삼촌…… 그 혼란스러운

---

[10] 리키아의 호전적이고 사나운 부족으로 이오바테스의 명령으로 벨레로폰테스가 혼자서 그들을 물리쳤다.
[11] 글라우코스는 벨레로폰테스의 아버지이고, 시시포스는 글라우코스의 아버지, 즉 벨레로폰테스의 할아버지이다.

눈을 바라보면서 나도 나 자신에게 물었지요. 내가 지금 한때 벨레로폰테스였던 사람과 말하고 있는가 하고 말이에요. 그분에게 무슨 일인가 일어났어요. 단지 늙은 것만이 아니에요. 단지 서글프고 외로운 것만이 아니에요. 그분은 키마이라를 죽인 대가를 치르고 있어요.

히폴로코스 사르페돈, 자네 미쳤어?

사르페돈 그분은 자신이 키마이라를 죽이기 원했던 신들의 부당함을 비난하고 있어요. 이렇게 반복해서 말하셨어요. 〈그 괴물의 피로 빨갛게 물들었던 날 이후 나는 더 이상 진정한 삶을 살지 못했어. 나는 적들을 찾았고, 아마존 여인들을 정복했고, 솔리모이족 사람들을 학살했고, 리키아를 통치했고, 정원을 만들었지. 그런데 그 모든 것이 도대체 무엇이야? 다른 키마이라는 어디 있어? 키마이라를 죽인 팔의 힘은 어디 있는 거야? 시시포스도 내 아버지 글라우코스도 젊고 정의로우셨지. 그런데 나중에 늙자 신들이 그분들을 배신했고, 짐승처럼 죽어 가게 내버려 두었어. 한때 키마이라와 대적했던 자가 어떻게 체념하고 죽을 수 있겠는가?〉 한때 벨레로폰테스였던 당신 아버지는 그렇게 말하셨어요.

히폴로코스 젊은 타나토스[12]를 사슬로 묶었던 시시포스부터, 살아 있는 사람들을 말에게 먹이로 준 글라우코스에 이르기까지 우리 가문은 경계선들을 범했지. 하지만 그분

---

12 죽음의 신으로 제우스는 그를 보내 시시포스를 죽이려 했으나, 오히려 꾀 많은 시시포스가 계략으로 타나토스를 붙잡아 둔 적이 있다.

들은 옛날 괴물 같은 시대의 사람들이었어. 키마이라는 그분들이 본 마지막 괴물이었지. 지금 우리의 땅은 정의롭고 자비로워.

사르페돈 그렇게 생각해요, 히폴로코스 삼촌? 키마이라를 죽인 것으로 충분하다고 생각해요? 우리의 아버지는—그분을 그렇게 부를 수 있겠지요—분명히 그것을 아셨을 겁니다. 그런데 마치 어느 신처럼, 늙고 버림받은 어느 신처럼 슬픔에 차서 그 죽은 자들에게 말하면서 들판과 늪지를 가로지르고 있어요.

히폴로코스 하지만 대체 그분에게 무엇이 아쉽단 말인가? 무엇이?

사르페돈 키마이라를 죽였던 팔이 아쉽지요. 글라우코스와 시시포스의 자부심을 아쉬워하지요. 그분의 조상들처럼 한계점에, 막바지에 도달한 바로 지금 말이에요. 그분들의 대담함이 그분을 괴롭히고 있어요. 그분은 알고 있어요. 이제 더 이상 키마이라가 절벽 한가운데에서 기다리지 않으리라는 것을. 그래서 신들에게 도전하는 거예요.

히폴로코스 나는 그분의 아들이네, 사르페돈. 하지만 그런 것을 이해할 수 없어. 이제 자비로워진 땅에서 우리는 평온하게 늙어 가야 해. 사르페돈, 자네처럼 거의 소년 같은 젊은이의 피가 끓는 것은 이해할 수 있지. 하지만 단지 젊은이에게만 그래. 또한 명예로운 이유를 위해서뿐이야. 그리고 신들에게 맞서지 않아야 해.

사르페돈 하지만 그분은 젊은이가 무엇인지, 노인이 무엇인지 알고 있어요. 긴 세월을 살았어요. 그분은 신들을 보았어요. 우리가 서로를 보듯이 말이에요. 무서운 것들에 대해 이야기하시지요.

히폴로코스 자네는 그분의 말을 들을 수 있었나?

사르페돈 오, 히폴로코스 삼촌, 누가 그분의 말을 들으려 하지 않겠어요? 벨레로폰테스는 자주 일어나지 않는 사건들을 보았어요.

히폴로코스 알아, 사르페돈, 알고 있어. 하지만 그것은 지나간 세상이야. 내가 어린아이였을 때 나에게도 이야기를 해 주셨네.

사르페돈 다만 그때는 죽은 자들에게 말한 것이 아니었어요. 그 당시에는 이야기였지요. 하지만 지금 부딪히는 운명은 바로 그분의 운명이 되었어요.

히폴로코스 그런데 무슨 이야기를 하시던가?

사르페돈 삼촌도 아는 사실들이에요. 하지만 이제 더 이상 아무런 존재도 아니면서 모든 것을 아는 사람 같은 차가움, 당황해하는 눈길을 삼촌은 몰라요. 그건 리디아와 프리기아의 이야기들, 정의도 없고 자비도 없던 옛날의 이야기들이에요. 어느 신이 켈라이나이 산에서 시합에 패하도록 도발한 다음, 나중에는 마치 도살자가 양을 죽이듯이 찢어 죽인 실레노스의 이야기를 알고 있지요?[13] 그곳 동굴

---

13 실레노스(또는 사티로스) 중 하나인 마르시아스는 아폴론과 악기 연주 시합을 했다가 패배했고, 그 벌로 아폴론은 마르시아스의 가죽을 벗겨 프리기아 지방의 도시 켈라이나이에 걸어 두었다. 또한 그의 죽음을 슬퍼하던 자들의 눈물이 땅속으로 들어갔다가 솟아나 마르시아스 강이 되어 흘렀다고 한다.

에서는 지금 개울 하나가 마치 그의 피처럼 솟아나고 있어요. 그리고 돌이 되어 버린 어머니, 어느 여신이 그녀의 자식들을 하나하나 화살로 쏘아 죽였기 때문에 암벽이 되어 울고 있는 어머니의 이야기는요?[14] 아테나의 증오 때문에 공포에 질려 거미가 되어 버린 아라크네의 이야기는요?[15] 그건 실제로 일어난 사건들이에요. 신들이 그런 이야기들을 만들었지요.

히폴로코스 그래, 좋아. 하지만 그게 뭐 중요하지? 거기에 대해 생각해 봐야 소용없어. 그런 운명들에서 아무것도 남아 있지 않아.

사르페돈 개울, 암벽, 공포가 남아 있어요. 꿈들이 남아 있지요. 벨레로폰테스는 걸음을 옮길 때마다, 그 모든 일이 실제로 일어났고 그것이 꿈이 아니었던 시절의 시체와 증오, 피 웅덩이와 부딪히고 있어요. 그 시절에 그분의 팔은 세상에서 영향력이 있었고 적들을 죽였지요.

히폴로코스 그러니까 그분도 역시 잔인하셨지.

사르페돈 정의롭고 자비로우셨어요. 키마이라들을 죽이셨어요. 그리고 이제 늙고 지친 몸이니까 신들이 그분을 버렸어요.

---

14 탄탈로스의 딸 니오베는 테바이 왕 암피온과 결혼하여 7남 7녀를 두었으나 여신 레토를 업신여겼고, 그 벌로 자식들이 모두 화살에 맞아 죽었다. 신들은 슬픔에 싸인 니오베를 바위로 만들었지만, 그녀가 흘리는 눈물은 막을 수 없었다고 한다.

15 리디아의 처녀 아라크네는 뛰어난 길쌈 솜씨를 자랑했는데, 직물의 수호신 아테나와 솜씨를 겨루다가 죽어 거미가 되었다.

히폴로코스 그것 때문에 들판을 방황하시는가?

사르페돈 그분은 시시포스와 글라우코스의 아들이에요. 신들의 변덕과 광폭함을 두려워해요. 당신이 짐승으로 변하거나, 죽고 싶지 않으신 것이지요. 나에게 말하셨어요. 〈얘야, 이것은 조롱이고 배신이란다. 먼저 너의 모든 힘을 빼앗고, 그다음에 네가 인간에 불과하다면 조롱하지. 네가 만약 살고 싶다면, 사는 것을 그만둬라……〉

히폴로코스 그렇다면 그 모든 것을 알고 계시는 그분은 왜 자살하지 않으시지?

사르페돈 아무도 자살할 수 없어요. 죽음은 운명이에요. 죽음은 단지 바랄 수밖에 없어요. 히폴로코스 삼촌.

장님들

장님 예언자 테이레시아스가 빠진 테바이의 사건은 없다. 이 대화가 있고 얼마 후에 오이디푸스의 불행이 시작되었다. 말하자면 그의 눈이 뜨였고, 공포감에 그는 스스로 자기 눈을 뽑았다.

오이디푸스와 테이레시아스가 말한다

오이디푸스 테이레시아스 노인, 이곳 테바이에서 사람들이 말하는 것을 내가 믿어야 할까요? 신들이 질투 때문에 그대의 눈을 멀게 했다는 것을 말이오?

테이레시아스 모든 것이 신들에게서 우리에게 온다는 것이 사실이라면, 믿어야 하겠지요.

오이디푸스 그대는 무엇을 믿소?

테이레시아스 신들에 대해 사람들이 너무 많이 말한다는 것이지요. 장님이라는 불행은 살아 있다는 불행과 다르지 않습니다. 나는 언제나 불행이 일어나야 할 곳에서 정확한 순간에 일어나는 것을 보았지요.

오이디푸스 하지만 그렇다면 신들은 우리에게 무엇을 하지요?

테이레시아스 세상은 그들보다 더 늙었습니다. 시간이 아직 태어나지도 않았을 때 이미 세상은 공간을 채우고 있었고, 피를 흘렸고, 즐겼으며, 그 자체가 바로 유일한 신이었지요. 그 당시에는 똑같은 것들이 지배했지요. 실제로 사건들이 일어났어요. 그런데 지금은 신들을 통해 모든 것이 언어가 되었고, 환상, 위협이 되었어요. 하지만 신들은 권태로움을 줄 수도 있고, 물건을 가까이 두거나 멀리 떨어지게 할 수도 있습니다. 그것들을 건드리지 마십시오. 바꾸지 마십시오. 신들은 너무 늦게 왔어요.

오이디푸스 사제인 그대가 그런 말을 하는 것이오?

테이레시아스 내가 최소한 그것도 모른다면 사제가 아닐 것입니다. 예를 들어 아소포스[16] 강에서 목욕을 하는 소년을 보십시오. 여름날 아침입니다. 소년은 강물에서 나오고, 행복하게 다시 물속으로 들어가고, 뛰어들고 또다시 뛰어들지요. 그런데 뭔가 잘못되어 물에 빠져 죽습니다. 거기에 신들이 무슨 상관이 있을까요? 소년의 죽음을 신들의 탓으로 돌려야 할까요, 아니면 소년이 즐긴 즐거움을 탓해야 할까요? 이것도 아니고, 저것도 아닙니다. 단지 무엇인가가 일어났을 뿐이에요. 좋지도 않고 나쁘지도 않은 것, 이름도 없는 무엇이지요. 나중에 신들이 거기에다 이름을 부여할 것입니다.

오이디푸스 그렇다면 이름을 부여하는 것, 사건들을 설명하는 것이 별로 중요하지 않다는 것이오, 테이레시아스?

테이레시아스 오이디푸스, 당신은 젊어요. 젊은 신들처럼 당

---

16 그리스 신화에서 아소포스라는 이름의 강은 여러 개가 있는데, 보이오티아 지방의 아소포스 강은 키타이론 산에서 발원하여 테바이 근처를 지나간다.

신은 사건들을 분명하게 밝히고 거기에다 이름을 붙이지요. 하지만 땅속에는 바위가 있고, 가장 푸른 하늘은 가장 공허하다는 것을 당신은 아직 몰라요. 나처럼 앞을 보지 못하는 사람에게는 모든 것이 하나의 충돌에 불과하지요.

오이디푸스 하지만 당신은 신들과 교류하면서 살았어요. 계절들, 즐거움들, 인간의 초라함이 오랫동안 당신을 사로잡았지요. 마치 어느 신에 대해 말하듯이 많은 이야기가 당신에 대해 말하고 있어요. 그런데 너무나도 이상하고 너무나도 특이하지만, 분명히 어떤 의미를 지닌 이야기는 아마 하늘의 구름에 대한 이야기일 것이오.

테이레시아스 나는 오래 살았어요. 너무 오래 살아서 내가 듣는 모든 이야기가 바로 내 이야기처럼 보이지요. 하늘의 구름에 대한 어떤 의미를 말하는 겁니까?

오이디푸스 공허함 속의 어떤 존재…….

테이레시아스 어떤 의미가 있을 것이라고 믿는 그 이야기가 대체 무엇입니까?

오이디푸스 테이레시아스 노인, 당신은 언제나 지금과 똑같은 모습이었지요.

테이레시아스 아하, 이제 알겠습니다. 뱀들의 이야기군요. 내가 7년 동안 여자였을 때 말입니다.[17] 그런데 그 이야기에서 무엇을 발견했나요?

---

17 테이레시아스는 어느 날 두 마리의 뱀이 뒤엉켜 짝짓기 하는 것을 보고 막대기로 때리자 몸이 여자로 바뀌었고, 다시 7년 뒤에 두 마리의 짝짓기 하는 뱀을 보고 막대기로 때리자 남자의 몸으로 돌아왔다고 한다.

오이디푸스 당신에게 그런 일이 있어났고, 당신도 그걸 알고 있소. 하지만 신의 개입 없이 그런 일은 일어나지 않소.

테이레시아스 그렇게 믿어요? 이 세상에서는 모든 일이 일어날 수 있습니다. 이상한 것은 전혀 없어요. 그 당시 나는 성(性)에 관한 것들에 역겨움을 느꼈지요. 정신, 신성함, 내 성격이 성으로 인해 모욕을 당한 것처럼 보였어요. 그런데 뱀 두 마리가 이끼 위에서 즐기고 서로 깨무는 것을 보았을 때 나는 경멸감을 참을 수 없었던 나머지 막대기로 그것들을 건드렸지요. 잠시 후에 나는 여자가 되었고, 몇 년 동안 내 자부심은 시련을 겪을 수밖에 없었어요. 오이디푸스, 세상의 일들은 바위와 같아요.

오이디푸스 그런데 여자의 성은 정말로 그렇게 천박하오?

테이레시아스 전혀 그렇지 않아요. 천박한 것이란 없어요. 신들에게 천박하지 않다면 말입니다. 권태로움, 역겨움, 환상이 있지만, 그것들은 바위에 닿으면 흩어져 버립니다. 여기에서 바위는 바로 성의 힘, 모든 형식과 변화로 나타나는 성의 보편성과 편재성입니다. 남자에서 여자로, 또 그 반대로(7년 후에 나는 그 두 마리 뱀을 다시 보았지요), 내가 정신적으로 동의하지 않은 것이 나에게 폭력을 통해 또는 리비도를 통해 가해졌지요. 나는 경멸스러운 남자 또는 천박한 여자였고, 여자처럼 방종해졌고 또 남자처럼 비굴해졌으며, 성에 대한 모든 것을 알게 되었지요. 심지어 남자로서 남자들을 찾고, 여자로서 여자들을 찾는 지경까지 이르렀답니다.

오이디푸스 보시오, 그러니까 바로 어느 신이 당신에게 무엇인가를 가르쳐 준 것 아니오.

테이레시아스 성 위에는 신이 없어요. 분명히 말하지만 그것은 바위예요. 많은 신들이 짐승이지만, 뱀은 모든 신들보다 더 오래되었어요. 뱀이 땅바닥에 납작 엎드릴 때 바로 성의 모습이 나타나지요. 그 안에 생명과 죽음이 있어요. 어느 신이 그렇게 많은 것을 형상화하고 이해할 수 있겠어요?

오이디푸스 하지만 바로 당신이 그렇소. 당신이 말했잖소.

테이레시아스 테이레시아스는 늙었고 신이 아닙니다. 젊었을 때는 몰랐지요. 성은 언제나 모호하고 애매한 것입니다. 전체처럼 보이는 절반이지요. 인간은 물속에서 잘 헤엄치는 사람처럼 그 안에서 살고, 스스로 그것을 구현하려고 하지만, 그러는 동안에 늙고 바위에 닿게 됩니다. 마지막에는 하나의 관념, 환상만 남아요. 다른 성은 배불리 충족된다는 환상이지요. 하지만 믿지 마세요. 나는 알아요. 모든 사람에게 그것은 헛된 노고예요.

오이디푸스 당신이 말하는 것을 반박하기는 쉽지 않군. 하지만 아무런 이유 없이 당신의 이야기가 뱀과 함께 시작되는 것은 아니오. 어쨌든 성의 역겨움, 권태로움과 함께 시작되지. 그렇다면 그런 역겨움을 무시하겠다고 당신에게 맹세하는 능력 있는 사람에게는 뭐라고 말하겠소?

테이레시아스 능력 있는 사람이 아니라고 말하지요. 아직 어린아이라고 말입니다.

오이디푸스 테이레시아스, 나에게도 테바이의 길에서 여러 만남이 있었소. 그런 만남 가운데 하나에서는 유년기에서 죽음까지의 인간에 대해 말했고, 우리도 바위에 닿았지요. 그날 이후로 나는 남편이 되었고, 아버지가 되었고, 테바이 왕이 되었소. 나에게 지나간 날들에서 모호하거나 헛된 것은 전혀 없소.

테이레시아스 당신만 그렇게 믿는 것이 아닙니다, 오이디푸스. 하지만 바위는 말로 닿는 것이 아닙니다. 신들이 당신을 보호해 주시기를. 당신에게 말하지만, 나는 늙었어요. 장님만이 어둠을 알지요. 나는 시간을 초월하여 사는 것 같고, 영원히 살았던 것 같습니다. 나는 더 이상 세월을 믿지 않아요. 내게도 무엇인가 즐거운 것이 있고, 무엇인가 피를 흘리는 것이 있어요.

오이디푸스 당신은 그 무엇이 신이라고 말했소. 훌륭한 테이레시아스여, 무엇 때문에 당신은 신에게 기도하지 않는 거요?

테이레시아스 모두들 어느 신에겐가 기도하지요. 하지만 일어나는 일은 이름이 없어요. 어느 여름날 아침 강물에 빠져 죽은 소년이 신들에 대해 도대체 무엇을 알겠습니까? 기도해 봐야 소년에게 무슨 소용이 있겠습니까? 삶의 모든 날에는 커다란 뱀이 한 마리 있고, 납작 엎드려서 우리를 바라보지요. 오이디푸스, 당신은 왜 불행한 사람들이 늙어 가면서 장님이 되는지 혹시 생각해 본 적이 있습니까?

오이디푸스 나에게는 그런 일이 일어나지 않도록 신들에게 기도할 뿐이오.

암말들

삶과 죽음 사이, 육체와 정신 사이, 티탄들과 올림포스의 신들 사이의 모호한 신 헤르메스에 대해서는 말할 필요가 없다. 하지만 신들이 짐승들로 변신하는 세계에서 훌륭한 의사 아스클레피오스가 나온 것이 무엇을 의미하는지에 대해서는 말할 필요가 있다.

지하의 헤르메스와
켄타우로스 케이론이 말한다

헤르메스 케이론, 그대가 이 아이를 양육하도록 〈신〉[18]이 원하시네. 아름다운 코로니스의 죽음에 대해서는 그대도 이미 알고 있겠지.[19] 〈신〉은 불타는 그녀의 배 속에서 불멸의 손으로 이 아이를 꺼냈네. 나는 불타고 있는 인간의 슬픈 육신 곁으로 부름을 받았지. 머리카락들이 마치 짚더미처럼 불길에 휩싸이더군. 하지만 그녀의 영혼은 나를 기다리지도 않았네.[20] 불길에서 단숨에 튀어나와 하데스로 사라졌지.

케이론 그렇게 이동하는 동안 망아지로 돌아왔나요?[21]

---

18 원문에는 대문자로 시작되는 Dio, 즉 〈신〉으로 되어 있는데, 문맥상으로 보면 아폴론을 가리키는 것으로 짐작된다.

19 아폴론은 플레기아스의 딸 코로니스를 사랑하여 아들을 갖게 했다. 그런데 코로니스는 임신한 상태에서 이스키스와 사랑을 나누었고, 그 벌로 아폴론의 누이 아르테미스의 화살에 맞아 죽었다. 그런데 화장되기 직전에 임신한 사실을 깨달은 아폴론은 태중의 아이를 꺼냈고, 그렇게 태어난 아이가 바로 의술의 신 아스클레피오스였다.

20 헤르메스는 저승 신들의 전령이자 영혼들의 안내자 신이기도 하다.

헤르메스 그랬다고 믿네. 하지만 자네들의 갈기는 불꽃과 너무 비슷하지. 분명하게 확인할 시간이 없었네. 나는 아이를 이 위로 데려오기 위해 붙잡고 있어야 했으니까.

케이론 아가야, 너는 불꽃 속에 남아 있는 것이 더 좋았을 거야. 너에게는 인간의 슬픈 형상 이외에 네 엄마의 것이 아무것도 남아 있지 않아. 너는 눈부시지만 잔인한 빛의 아들이야. 그런데 허약하고 괴로운 그림자, 부패한 육신, 한숨과 열병의 세계에서 살아야 할 거야. 그 모든 것은 〈빛나는 자〉[22]에게서 너에게 오는 것이지. 너를 만든 바로 그 빛이 집요하게 세상을 탐색할 것이고, 온갖 사물의 슬픔과 상처, 천박함을 너에게 보여 줄 거야. 너에 대해서는 뱀들이 감시하겠지.

헤르메스 뱀들까지 〈빛〉의 편으로 돌아섰다면, 어제의 세상은 분명히 끝났어. 그런데, 말해 보게. 자네는 왜 그녀가 죽었는지 아는가?

케이론 길의 수호신[23]이여, 그녀가 디디모스[24] 산에서 펠리온 산까지 갈대숲과 절벽들 사이에서 행복하게 뛰어오르

---

21 이 글과 관련된 메모에서 파베세는 코로니스를 〈말의 성질을 지닌 플레기아스Flegia equestre〉의 딸이라고 기록해 두었다. 다른 한편으로 코로니스는 켄타우로스족을 낳은 익시온과 남매 사이이고, 따라서 말의 성질을 지닌 것으로 보는 듯하다.

22 아폴론 또는 태양신 헬리오스의 별명이자 수식어로. 그리스어로는 〈포이보스Phoibos〉이다.

23 원문에는 Enodio(그리스어로는 Enodios)로 되어 있는데, 헤르메스의 별칭 중 하나이다.

24 트라케 지방에 있는 산.

는 모습을 이제 더 이상 보지 못할 것입니다. 이제 그것으로 충분해요. 언어는 바로 피가 됩니다.

헤르메스 케이론, 그대들이 그녀의 죽음을 슬퍼하듯이 나도 슬퍼한다고 말하면 나를 믿을 수 있겠지. 하지만 자네에게 맹세하건대, 나는 왜 〈신〉이 그녀를 죽였는지 모르네. 나의 라리사[25]에서는 동굴과 숲 속에서의 짐승 같은 만남들에 대해 말하더군…….

케이론 그게 무슨 뜻입니까? 우리가 바로 짐승입니다. 하지만 길의 수호신이여, 당신은 바로 라리사에서 황소의 불알 껍질이었고, 시간이 시작될 무렵 늪의 진흙 속에서 당신은 아직 형태도 없는 핏빛 세상의 모든 것과 결합했지요. 그런 당신이 놀라는 것입니까?

헤르메스 그 시절은 아주 오래전이네, 케이론. 그리고 지금 나는 땅속이나 갈림길에서 살고 있지. 이따금 나는 그대들이 산에서 거대한 바위처럼 내려오거나, 웅덩이와 계곡을 건너뛰거나, 서로 뒤쫓고 부르고 장난하는 모습을 바라본다네. 나는 그대들의 성격과 발굽을 이해하지만, 그대들은 언제나 그렇지 않아. 한 마디로 말해 그대들의 두 팔과 인간의 가슴, 그대들의 커다랗고 인간을 닮은 웃음, 살해당한 그녀, 〈신〉과의 사랑, 지금 그녀의 죽음을 슬퍼하는 동료 여인들, 그 모든 것은 서로 다른 것들이야. 내가 잘못 알지 않았다면, 그대의 어머니도 어느 신의 마음에 들었지.

---

25 테살리아 지방의 도시.

케이론 정말로 오래전 일입니다. 그 늙은 신은 어머니를 사랑하기 위해 종마(種馬)로 변신했지요.[26] 산꼭대기에서 말입니다.

헤르메스 그러니까 말해 보게. 아름다운 코로니스는 여자였고, 포도밭 사이로 산책하다가 〈빛나는 자〉와 함께 즐겼는데, 도대체 무엇 때문에 그분은 그녀를 죽이고 육신을 불태웠을까?

케이론 길의 수호신이여, 당신은 라리사에서 몇 번이나 보았습니까? 바람 부는 밤이 지나고, 올림포스 산이 하늘로 선명하게 솟아오른 모습을 말입니다.

헤르메스 나는 단지 볼 뿐만 아니라 자주 그곳으로 올라가기도 하네.

케이론 한때는 우리도 산등성이에서 산등성이를 거쳐 그 위로 뛰어가기도 했어요.

헤르메스 좋아, 그대들은 다시 그곳으로 돌아가야 할 거야.

케이론 친구여, 코로니스는 돌아왔어요.

헤르메스 도대체 무슨 말을 하려는 것인가?

케이론 그것이 바로 죽음이라는 말입니다. 거기에 새로운 주인들이 있지요. 하지만 크로노스 노인이나 그분의 옛날 아버지, 또는 생각만 하면 실제로 그 일이 일어나던 시절의 우리와 같은 주인은 더 이상 아닙니다. 그 시절 우리의

---

26 케이론은 오케아노스의 딸 필리라와 크로노스 사이에서 태어났는데, 크로노스가 말의 모습으로 변신하여 필리라와 결합하여 낳았기 때문에, 켄타우로스의 모습으로 태어났다고 한다.

즐거움에는 한계가 없었고, 우리는 있는 모습 그대로의 사물들 사이에서 뛰어다녔지요. 그 시절 짐승과 늪지는 바로 인간과 신이 만나는 곳이었어요. 그 시절 누가 죽을 수 있었나요? 짐승이 마치 신처럼 바로 우리 안에 있었는데, 도대체 무엇이 짐승 같은 것이었겠습니까?

헤르메스 자네에겐 딸들이 있지, 케이론. 그녀들은 원하는 대로 여자가 될 수도 있고, 망아지가 될 수도 있어. 그런데 무엇 때문에 불평하는 건가? 자네들에게는 여기 산도 있고, 들판도 있고, 계절들도 있네. 그리고 원한다면 계곡의 어귀에 인간의 거주지들, 오두막집과 마을도 있고, 마구간과 벽난로도 있고, 거기에서는 슬픈 인간들이 언제나 자네들을 환대할 준비와 함께 자네들에 대한 이야기를 나누고 있다네. 새로운 주인들이 세상을 더 좋게 만들었다고 생각하지 않는가?

케이론 당신은 그들 편에 속하고, 그래서 그들을 옹호하지요. 한때 당신은 불알 껍질이었고 분노였는데, 지금은 창백한 그림자들을 지하로 안내하고 있어요. 인간이란 때 이른 그림자가 아니라면 대체 무엇입니까? 하지만 나는 이 아기의 어머니가 그 그림자에서 혼자 튀어나왔는지 생각해 보고 싶군요. 그녀는 최소한 자기 자신을 찾았지요.

헤르메스 그녀가 왜 죽었는지 이제 알겠군. 산기슭으로 간 그녀는 여자였고 이 아이를 가질 정도로 〈신〉을 사랑했지. 자네는 〈신〉이 잔인했다고 말하지. 하지만 자네는 코로니스가 짐승 같은 욕망, 자신을 탄생시켰던 그 무형의 핏빛 분노를 자기 뒤의 늪지에다 남겨 두었다고 말할 수 있는가?

케이론 물론 그렇지는 않아요. 그래서 어쨌다는 겁니까?

헤르메스 테살리아의 새로운 신들은 미소를 많이 짓지만, 오직 단 하나에 대해서는 웃을 수 없지. 내 말을 믿게. 나는 운명을 보았어. 카오스가 빛을 향해, 그들의 빛을 향해 넘칠 때마다 그들은 활을 쏘고 파괴하고 다시 만들어야 하네. 그렇기 때문에 코로니스는 죽은 거야.

케이론 하지만 더 이상 그녀를 다시 만들 수 없을 것입니다. 그러니까 올림포스가 바로 죽음이라고 내가 생각한 것은 옳아요.

헤르메스 그렇지만 〈빛나는 자〉는 그녀를 사랑했어. 만약 그가 신이 아니었다면 그녀를 버렸을 거야. 그런데 그녀에게서 이 아기를 꺼냈지. 그리고 즐거운 마음으로 자네에게 맡긴 거야. 오직 자네만이 이 아기를 진정한 사람으로 키울 수 있으리라는 것을 알고 있어.

케이론 인간의 집에서 이 아이를 기다리고 있는 운명에 대해서는 내가 이미 당신에게 말했지요. 아스클레피오스, 육체들의 신이며, 인간-신이 될 것입니다. 부패한 육체와 한숨들 사이에서 살아갈 것입니다. 사람들은 운명을 피하기 위해, 고통을 하룻밤이라도, 한순간이라도 늦추기 위해 그를 바라볼 것입니다. 이 아이는 삶과 죽음 사이를 지나갈 것입니다. 황소의 불알 껍질이었던 당신이 지금은 그림자들의 안내자에 지나지 않은 것처럼 말입니다. 그것이 바로 올림포스의 신들이 지상의 살아 있는 자들에게 가하는 운명이지요.

헤르메스 인간들에게는 그렇게 끝나는 것이 더 낫지 않을까? 짐승이나 나무 안으로 들어가서, 울부짖는 황소, 기어다니는 뱀, 영원한 돌멩이, 눈물 흘리는 샘물이 되어야 했던 옛날의 저주보다 낫지 않을까?

케이론 올림포스가 하늘일 때까지는 분명 그렇지요. 하지만 이런 것들도 지나가 버릴 것입니다.

꽃

〈빛나는 아폴론〉 같은 봄의 신을 싫어하지 못하게 하는, 이 달콤하고도 쓰라린 사건을 레오파르디[27]의 에로스와 타나토스가 목격했다는 것은 그야말로 햇살처럼 명백하다.

27 Giacomo Leopardi(1798~1837). 근대 이탈리아의 가장 뛰어난 서정 시인으로 삶은 본질적으로 고통이라는 염세적 인생관이 서린 작품들을 남겼다. 그의 대표적 시집 『노래들 Canti』에 실린 작품 「사랑과 죽음 Amore e Morte」(또는 「에로스와 타나토스」로 옮길 수도 있다)는 허무한 삶에서 사랑과 죽음이 갖는 내밀한 관계와 의미들에 대해 노래하고 있다.

에로스와 타나토스가 말한다

에로스 타나토스, 자네는 이런 일을 예상했나?

타나토스 나는 올림포스의 신으로서 모든 것을 예상하지. 하지만 이런 식으로 끝나리라고는 예상하지 못했네.

에로스 다행히도 인간들은 그 일을 불행한 사고라 부를 거야.

타나토스 처음 있는 일은 아니지. 또한 마지막도 아닐 거야.

에로스 그렇지만 히아킨토스[28]는 죽었어. 누이들은 벌써 슬퍼하고 있지. 그의 피가 뿌려진 쓸모없는 꽃이 벌써 에우로타스[29] 강의 계곡들에 지천으로 흩어져 있네. 지금은 봄이야, 타나토스. 하지만 그 소년은 봄을 못 보겠지.

타나토스 불멸의 신이 지나간 곳에는 언제나 그런 꽃들이 돋아나지. 하지만 다른 때는 최소한 어떤 도주나 구실, 모욕이 있었어. 사람들은 마지못해 신에게 복종하거나, 아니

---

28 라코니아 지방 아미클라이의 왕 아미클라스의 아들로 아폴론의 애인이었으나, 아폴론이 던진 원반에 맞아 죽었고, 아폴론은 그를 꽃으로 만들었다.
29 라코니아 지방의 강.

면 불경스러움을 범하기도 했지. 다프네, 리노스, 악타이온에게도 그런 일이 일어났어.[30] 하지만 히아킨토스는 단지 소년에 지나지 않았어. 자기 주인을 공경하면서 자신의 삶을 살았지. 어린아이가 노는 것처럼 자기 주인과 놀았어. 그런데 충격을 받았고 깜짝 놀랐지. 자네도 알고 있잖아, 에로스.

에로스 인간들은 벌써 그 일이 불행한 사고였다고 말하고 있네. 〈빛나는 자〉는 절대 실수하는 법이 없다고 아무도 생각하지 않아.

타나토스 나는 원반이 날아가는 것을 눈으로 뒤쫓고 또 떨어지는 것을 바라보던 그의 찌푸린 미소만 목격했어. 태양이 있던 방향으로 원반을 높이 던졌고, 히아킨토스는 눈과 손을 들어 올리고 눈부신 표정을 지으며 기다렸지. 그런데 그의 이마로 떨어진 거야. 왜 그런 것이지, 에로스? 자네는 분명히 알고 있을 거야.

에로스 내가 뭐라고 말해야겠나, 타나토스? 나는 변덕에 대해 부드럽게 생각할 수 없네. 그리고 자네도 알고 있지. 어느 신이 인간에게 다가갈 때에는 언제나 잔인한 일이 뒤따르지. 자네가 방금 다프네와 악타이온에 대해 말했잖나.

타나토스 그러니까 이번에는 무엇 때문이었나?

---

30 다프네는 아폴론에게 쫓기다가 월계수로 변했고, 리노스에 대해서는 여러 이야기가 전하는데, 그중 하나에 따르면 칼리오페 또는 테르프시코라의 아들로 아폴론과 노래를 경쟁할 수 있다고 교만을 부리다가 아폴론의 분노로 죽임을 당했고, 악타이온은 우연히 아르테미스의 벌거벗은 몸을 보았다가 사슴으로 변해 자신의 사냥개들에게 물려 죽었다.

에로스 자네에게 말했잖아. 변덕이야. 〈빛나는 자〉는 놀이를 하고 싶었어. 그래서 인간들 사이로 내려갔고 히아킨토스를 보았지. 엿새 동안 아미클라이에서 살았고, 그 엿새 동안에 히아킨토스의 마음을 바꾸었고, 그의 땅을 새롭게 만들었지. 그런 다음 주인에게 떠나고 싶은 마음이 생겼을 때, 히아킨토스는 당황한 표정으로 그를 바라보았지. 그러자 원반이 두 눈 사이로 떨어진 거야.

타나토스 누가 알겠어······ 〈빛나는 자〉는 슬퍼하는 것을 원하지 않았어.

에로스 아니야. 〈빛나는 자〉는 슬퍼한다는 것이 무엇인지 몰라. 그것은 올림포스가 단지 황량한 산에 지나지 않았을 때 이미 살고 있던 우리처럼 풋내기 신들이나 다이몬들[31]이 알고 있지. 우리는 많은 것을 보았어. 나무와 돌이 우는 것도 보았지. 그런데 그 주인은 달라. 그에게는 엿새의 기간이든 어떤 존재든 전혀 중요하지 않아. 누구도 히아킨토스처럼 그 모든 것을 알지 못했어.

타나토스 자네는 정말로 히아킨토스가 그런 것을 깨달았다고 생각하나? 그에게 주인은 하나의 모범, 나이 많은 동료, 믿음직하고 존경받는 형제에 지나지 않았다는 것을 말이야? 나는 단지 그가 시합에서 두 손을 펼치고 있는 것만 보았어. 그의 이마에는 믿음과 놀라움뿐이었지. 히아킨토스는 〈빛나는 자〉가 누구인지 몰랐어.

---

31 고대 그리스에서 신에 가까운 존재 또는 신과 인간과의 중간적인 존재를 가리켰다.

에로스 모든 것이 가능해, 타나토스. 그 소년이 리노스와 다프네에 대해 몰랐을 수도 있어. 어디에서 당혹감이 끝나고 믿음이 시작되는지 말하기는 어렵지. 하지만 분명히 열망어린 열정의 엿새를 보냈을 거야.

타나토스 자네 생각으로는 그의 마음에 어떤 일이 일어난 것 같나?

에로스 모든 젊은이에게 일어나는 일이었겠지. 하지만 이번에는 생각과 행위의 대상이 소년에게 너무 과했어. 그 아이는 에우로타스 강가에서, 체육관에서, 방들에서 주인과 이야기를 나누었고, 함께 다녔고, 그의 말을 들었어. 델로스[32] 섬과 델포이, 티폰, 테살리아, 히페르보레이오이[33]의 고장에 관한 이야기를 들었지. 그에게 신은 평온하게 미소를 지으며 이야기했지. 마치 사람들이 죽었다고 믿었는데 더욱 노련해진 모습으로 되돌아온 여행자처럼 말이야. 확실한 것은, 그 주인이 올림포스에 대해서나, 불멸의 동료들, 신성한 것들에 대해서는 절대 말하지 않았다는 거야. 자신과 누이, 카리스[34]들에 대해 말하면서 마치 어느 평범한 가족의 삶, 놀랍고도 친숙한 삶에 대해 말하는 것 같았지. 때로는 밤을 위해 초대한 유랑 시인의 노래를 함께 들

---

32 레토는 헤라의 질투로 출산할 장소를 찾지 못하다가 델로스 섬에서 아폴론을 낳았다.
33 그리스 신화에서 머나먼 북쪽, 북풍 보레아스가 불어오는 곳에 살고 있다고 믿었던 전설적인 민족.
34 카리스들(복수형은 카리테스)은 오케아노스의 딸 에우리노메와 제우스 사이에 태어난 아름다움과 우아함의 여신들로 아폴론을 수행하기도 하는데, 보통 에우프로시네, 아글라이아, 탈리아 등 세 자매로 나온다.

기도 했지.

타나토스 그 모든 것에는 나쁜 것이 전혀 없어.

에로스 나쁜 것은 전혀 없지. 오히려 위안의 말들이었지. 히아킨토스는 그 말로 표현할 수 없는 눈길과 평온한 말투를 지닌 델로스의 주인이 세상에서 많은 것을 보았고 또 다루었다는 것을 알게 되었지. 언젠가는 자신도 부딪힐 수 있는 많은 것들을 말이야. 주인은 그와 그의 운명에 대해서도 이야기했지. 아미클라이의 소박한 삶은 그에게 분명하고 친숙했어. 계획들도 세웠어. 그는 히아킨토스를 자신과 똑같은 동년배처럼 다루었고, 아글라이아, 에우리노메,[35] 아욱소[36] 같은 아득하고 미소 짓는 여인들, 주인과 신비로운 친밀함 속에 살았던 젊은 여인들의 이름을 아무렇지도 않은 듯이 평온하고 무감각한 태도로 말했고, 그것은 히아킨토스의 심장을 전율하게 했지. 소년의 상태는 바로 그랬어. 주인 앞에서는 모든 것이 평온하고 분명했지. 히아킨토스는 모든 것을 할 수 있을 것만 같았어.

타나토스 나는 다른 인간들을 알았지. 그들은 히아킨토스보다 더 노련하고, 더 현명하고, 더 강했어. 그들은 모두 그 모든 것을 할 수 있을 것이라는 열망을 깨뜨렸어.

에로스 여보게, 히아킨토스에게는 단지 희망이었을 뿐이야. 주인을 닮고 싶다는 희미한 희망 말이야. 〈빛나는 자〉는

---

35 오케아노스의 딸들로 개울이나 샘 등을 의인화한 여러 오케아니스들(복수형은 오케아니데스) 중의 하나이다.
36 시간의 여신들인 호라이(원래 복수형만 있는 이름이다) 가운데 하나.

그의 눈에서 읽은 열광을 받아들이지 않았어. 단지 부추기는 것으로 충분했지. 그때 이미 그는 소년의 눈과 곱슬머리에서 바로 히아킨토스의 운명인 그 아름다운 알록달록한 꽃을 발견했어. 말이나 눈물을 전혀 생각하지 않았어. 그는 단지 꽃을 보러 왔을 뿐이야. 그 꽃은 그에게 어울리는 것이 되어야 했지. 마치 카리스들에 대한 기억처럼 경이롭고도 친숙한 꽃으로 말이야. 그리고 무감각한 평온함으로 그 꽃을 창조한 거지.

타나토스 우리 불멸의 존재들은 정말 잔인해. 올림포스 신들이 어디까지 운명을 이끌고 갈지 나는 묻고 싶지도 않아. 모든 대담함은 그들 자신까지 파괴할 수도 있어.

에로스 누가 그렇게 말할 수 있을까? 카오스의 시대부터 오직 피만 보았을 뿐이야. 인간들의 피, 괴물들과 신들의 피. 핏속에서 시작되고 핏속에서 끝나지. 자네는 어떻게 태어났다고 생각하나?

타나토스 태어나기 위해 죽어야 한다는 것은 인간들도 알고 있어. 올림포스 신들은 모르고 있지. 잊어버린 거야. 그들은 덧없이 지나가는 세상에서 영원히 지속되지. 그들은 존재하지 않아. 그냥 있을 뿐이야. 그들의 모든 변덕은 숙명적인 법칙이 되지. 꽃을 하나 표현하기 위해 한 인간을 파괴해.

에로스 그래, 타나토스. 그런데 우리는 히아킨토스가 품게 된 풍부한 생각들을 고려하지 않는 거야? 그 열망 어린 희망은 바로 그의 죽음이 되었지만, 또한 동시에 그의 탄생도 되었어. 그는 무의식적인 젊은이, 약간 몰입해 있고, 유년기의 안개에 가려 있으며, 소박한 땅의 소박한 왕 아미클라스의 아들이었어. 만약 델로스의 주인이 없었다면 대체 무엇이 되었을까?

타나토스 인간들 사이의 한 인간이었겠지, 에로스.

에로스 알아. 그리고 운명으로부터 달아날 수 없다는 것도 알아. 하지만 나는 변덕에 대해 부드럽게 생각할 수 없네. 히아킨토스는 빛의 그늘 아래에서 엿새를 살았어. 그에게는 완벽한 즐거움도 없지 않았고, 신속하고 쓰라린 죽음도 없지 않았네. 그것은 올림포스 신들이나 인간들이 모르는 것이지. 타나토스, 자네는 그에게 무엇을 원하는가?

타나토스 〈빛나는 자〉가 우리처럼 그에 대해 슬퍼하기를 원하네.

에로스 자네는 너무 많은 것을 요구하는군, 타나토스.

야생 여인

우리는 엔디미온과 아르테미스의 사랑이 육체적인 사랑은 아니었다고 확신한다.[37] 물론 그렇다고 해서 둘 중에서 덜 강한 자가 피를 뿌리기를 열망하지 않았다고 말할 수는 없다. 전혀 그렇지 않다. 그 처녀 신, 괴물 같은 지중해의 형언할 수 없는 신성한 어머니들의 숲에서 세상에 태어났고 야생 동물들의 주인인 그녀의 결코 부드럽지 않은 성격은 널리 알려져 있다. 그리고 사람은 잠을 자지 않을 때 잠자기를 원하고, 역사에서는 영원한 몽상가로 통한다는 것도 마찬가지로 널리 알려져 있다.

37 일반적으로 엔디미온은 달의 여신 셀레네와 사랑을 나눈 것으로 알려져 있지만, 다른 여러 이야기가 전한다. 그중 하나에 따르면 제우스의 벌로 그는 카리아의 라트모스 산의 동굴에서 30년 동안 깨어나지 않고 잠을 자야 했다. 그리고 잠자는 그의 모습을 본 아르테미스가 아름다움에 매료되어 매일 밤 찾아가 바라보았다고 한다.

엔디미온과 어느 이방인이 말한다

엔디미온 들어 보오, 지나가는 자여. 이방인인 당신에게 내가 어떻게 이런 것을 말할 수 있을까요? 미치광이 같은 내 눈에 놀라지 마십시오. 당신의 발을 감싸고 있는 헝겊도 내 눈처럼 흉하군요. 하지만 당신은 유능한 사람처럼 보이니, 원한다면 선택한 고장에 머무를 수 있고, 여기에서는 피난처와 일자리, 집을 찾을 수 있을 것이오. 그런데 당신이 지금 걸어가고 있는 것은, 당신의 운명 이외에 아무것도 갖고 있지 않기 때문이라고 확신하오. 그리고 새벽 이 시간에 길을 가는 것을 보면, 당신은 사물이 이제 막 어둠에서 나오고 아직 아무도 건드리지 않았을 때 그 사물 사이에서 깨어 있는 것을 좋아하는 모양이군요. 저 산이 보여요? 라트모스 산이랍니다. 나는 밤에 가장 어두울 때 저 산을 여러 번 올라갔고, 너도밤나무들 사이에서 새벽을 기다렸지요. 그런데도 저 산을 전혀 건드리지 않은 것 같아요.

이방인 그 곁으로 지나가는 것을 전혀 건드리지 않았다고 누가 말할 수 있소?

엔디미온 이따금 나는 우리가 감지할 수 없게 지나가는 바람과 같다고 생각합니다. 아니면 잠자는 사람의 꿈과 같다고 말입니다. 이방인이여, 당신은 낮에 잠자는 것을 좋아합니까?

이방인 나는 졸리고 쓰러질 때면 언제든지 잠을 잡니다.

엔디미온 그러면 길을 가는 사람이여, 당신은 잠자는 동안 바람이 스치는 소리, 새들과 웅덩이들의 소리, 붕붕거리는 소리, 물의 목소리를 들은 적이 있습니까? 잠을 자면서 당신이 전혀 혼자가 아닌 것처럼 여겨지지 않아요?

이방인 친구여, 나는 잘 모르겠네요. 나는 언제나 혼자 살았어요.

엔디미온 오, 이방인이여, 나는 잠 속에서 더 이상 평온을 찾지 못하고 있어요. 나는 언제나 잠을 잤다고 생각하는데, 하지만 그것이 사실이 아니라는 것을 알아요.

이방인 당신은 완전한 성인 같고 강건해 보이는군요.

엔디미온 그래요, 실제로 그래요. 나는 포도주에 취한 잠도 알고, 어느 여인 곁에서 자는 깊은 잠도 알지요. 하지만 그 모든 것이 내게는 소용없어요. 이제 나는 내 잠자리에서 귀를 기울이고, 벌떡 일어날 준비가 되어 있고, 또 이 두 눈을 뜨고 있지요. 어둠을 응시하는 사람처럼 말입니다. 나는 언제나 그렇게 살았던 것 같아요.

이방인 혹시 누군가를 보고 싶었나요?

엔디미온 누군가라고요? 오, 이방인이여, 당신은 우리가 필멸의 인간이라는 것을 믿는군요.

이방인 사랑하는 누군가가 죽었나요?

엔디미온 누군가가 아니오. 이방인이여. 라트모스 산 위로 올라갈 때 나는 더 이상 필멸의 인간이 아닙니다. 내 눈을 바라보지 마세요. 중요하지 않아요. 내가 꿈을 꾸고 있지 않다는 것을 알아요. 나는 자고 있는 것이 아니니까요. 저기, 절벽 위에 너도밤나무들의 숲이 보이지요? 어젯밤 나는 저기에서 그녀를 기다렸어요.

이방인 누가 오기로 되어 있었어요?

엔디미온 그 이름은 말하지 맙시다. 말하지 마요. 이름이 없어요. 아니면 이름이 많지요. 알아요. 이봐요, 친구, 당신은 밤에 숲 속 빈터가 펼쳐질 때 숲의 공포가 무엇인지 알아요? 오, 안 돼. 당신이 낮에 보았고 가로질러 갔던 빈터를 밤중에 다시 생각해 보면, 거기에는 당신이 아는 어느 꽃 하나, 열매 하나가 바람에 흔들리고 있는데, 그 꽃, 그 열매는 모든 야생 생물 중 하나일까요? 손댈 수 없는 필멸의 야생 생물일까요? 그걸 이해하겠어요? 야생 동물과 똑같은 꽃일까요? 친구여, 당신은 혹시 놀라움과 함께 또 욕망과 함께 암늑대, 암사슴, 뱀의 본성을 바라본 적이 있습니까?

이방인 그러니까, 살아 있는 야생 동물의 성(性) 말인가요?

엔디미온 그래요, 하지만 그것으로 충분하지 않아요. 당신은 혹시 하나 안에 많은 것이 들어 있는, 자기 내부에 많은 것을 지닌 사람을 알아요? 그래서 당신이 보는 그의 모든 몸짓, 모든 생각 안에, 당신의 땅과 하늘, 언어, 기억, 당신이 전혀 알 수 없을 흘러간 세월, 미래의 세월, 확신, 그리고 당신이 소유할 수 없었던 다른 땅과 다른 하늘이 포함되어 있는 사람을 혹시 알아요?

이방인 그런 말을 들은 적 있어요.

엔디미온 오, 이방인이여, 만약 그 사람이 이름도 없는 야생동물, 야생의 사물, 손댈 수 없는 본성이라면?

이방인 당신은 무서운 것에 대해 말하는군요.

엔디미온 하지만 그걸로 충분하지 않아요. 내 말을 들어 봐요. 얼마나 옳은 말인지 잘 들어 봐요. 만약 당신이 길을 간다면, 당신은 그 땅이 성스러운 것과 무서운 것으로 온통 가득하다는 것을 알고 있지요. 내가 당신에게 이런 말을 하는 것은, 서로 모르고 길을 가는 자로서 우리 역시 약간은 신성하기 때문이지요.

이방인 물론이지요. 나는 많은 것을 보았어요. 무서운 것도 보았지요. 하지만 멀리 갈 필요 없어요. 당신에게 유용할지 모르겠지만, 불멸의 존재들은 벽난로 굴뚝으로 내려올 수 있다고 말해 주고 싶군요.

엔디미온 그러니까 당신은 알고 있군요. 나를 믿어도 될 겁니다. 나는 라트모스 산 위에서 자고 있었어요. 밤이었지요. 나는 늦게까지 배회했고, 나무 둥치에 기대어 자고 있었어요. 달빛 아래 잠이 깼지요. 꿈속에서 나는 내가 그곳에, 숲 속 빈터에 있다는 생각에 소름이 끼쳤으니까요. 그리고 그녀를 보았어요. 그녀가 약간 비스듬한 그 눈으로,

확고하고 투명하고 커다란 눈으로 나를 바라보는 것을 보았지요. 그때 나는 몰랐어요. 그다음 날도 몰랐지요. 하지만 나는 이미 그녀의 것이었고, 그녀의 눈, 그녀가 차지하는 공간, 빈터, 산의 테두리 안에 사로잡혔던 것입니다. 그녀는 닫힌 미소로 나에게 인사했지요. 나는 말했지요. 〈부인.〉 그러자 그녀는 약간 야생적인 소녀처럼 눈살을 찌푸렸고, 나는 내가 부인이라고 부른 것에 스스로 당황하고 내면적으로 깜짝 놀랐어요. 우리 사이에는 언제나 그런 당황스러움이 남아 있었지요.

오, 이방인이여. 그녀는 내 이름을 말했고 나에게 가까이 다가왔답니다. 그녀의 튜닉은 무릎길이보다 짧았어요. 그리고 손을 내밀어 내 머리카락을 건드렸어요. 거의 망설이듯이 나를 건드렸지요. 그리고 미소가 떠올랐는데, 인간의 미소 같지 않았어요. 나는 거의 땅바닥에 쓰러질 지경이었지요. 나는 그녀의 모든 이름을 생각했어요. 하지만 그녀는 내 턱 아래에 손을 댄 채 마치 어린아이를 붙잡고 있듯이 나를 붙잡고 있었지요. 보다시피, 나는 크고 강건하지요. 그리고 그녀는 잔인해 보였고, 또 야윈 야생 소녀처럼 커다란 눈밖에 없는 것처럼 보였지만, 나는 마치 어린아이가 된 것 같았어요. 나에게 말하더군요. 〈너는 절대 깨어나지 않아야 해. 너는 움직이지 않아야 해. 다시 널 만나러 올 거야.〉 그러고는 빈터를 지나 가버렸지요.

그날 밤 나는 새벽까지 라트모스 산을 배회했어요. 달빛을 따라 계곡의 모든 급류와 덤불숲, 봉우리를 헤맸지요.

나는 귀를 기울였어요. 약간 목이 쉰 듯하고 신선하고 부드러운 목소리에 아직도 바닷물처럼 충만한 내 귀를 기울였지요. 모든 부스럭거림, 모든 그림자에 나는 걸음을 멈추었어요. 하지만 야생 동물이 달아나는 것만 보였을 뿐이에요. 날이 샜을 때, 약간 창백하고 흐릿한 빛에 나는 높은 곳에서 이 벌판을, 지금 우리가 가고 있는 이 길을 바라보았어요. 그리고 이제 더 이상 나는 사람들과 함께 살 수 없으리라는 것을 깨달았지요. 더 이상 나는 보통 사람들에 속하지 않았어요. 나는 밤을 기다렸지요.

이방인 정말 믿을 수 없는 이야기로군요, 엔디미온. 하지만 당신이 아무런 의심 없이 산으로 돌아간 이후 지금까지 살아 있고 걸어 다니고 있으며, 그 야생 여인, 여러 이름의 부인이 아직도 당신을 자기 것으로 만들지 않았다는 것은 믿을 수 없군요.

엔디미온 이방인이여, 나는 그녀의 것이오.

이방인 내 말은…… 당신은 개들에게 찢겨 죽은 목동, 경솔한 자, 인간-사슴의 이야기[38]를 몰라요?

엔디미온 오, 이방인이여, 나는 그녀에 대한 모든 것을 알고 있어요. 우리는 많은 것을 이야기했기 때문이지요. 나는 언제나 밤새도록 잠자는 척했고, 그녀의 손을 건드리지도 않았어요. 마치 암 사자나 늪지의 녹색 물, 또는 우리가 가장 소중한 것으로서 마음속에 품고 다니는 것을 손댈 수

---

38 아르테미스의 벌거벗은 몸을 보았다가 사슴으로 변해 자신의 사냥개들에게 물려 죽은 악타이온을 암시한다.

없는 것처럼 말이에요. 내 말을 들어 봐요. 그녀는 내 앞에 있어요. 야윈 소녀의 모습으로 미소를 짓지도 않고, 나를 바라보고 있어요. 커다랗고 투명한 두 눈은 다른 많은 것을 보았지요. 또 지금도 보고 있어요. 이것들도 그래요. 그 눈 안에는 열매와 야생 동물이 있고, 비명, 죽음, 잔인하게 돌로 변해 버린 것들이 있어요. 뿌려진 피, 찢어진 살, 게걸스러운 땅, 외로움을 나는 알아요. 야생의 그녀에게는 그 모든 것이 바로 외로움이지요. 그녀에게 야생 동물은 외로움이에요. 그녀가 쓰다듬는 것은 마치 우리가 사냥개나 나무를 쓰다듬는 것과 같아요. 하지만 이방인이여, 그녀는 나를 바라보고 또 바라보아요. 짧은 튜닉 안에는 야윈 소녀가 들어 있어요. 아마 당신이 당신의 고장에서 보았을 소녀들처럼 말이에요.

이방인 엔디미온, 그대들은 인간으로서 그대의 삶에 대해 이야기했나요?

엔디미온 이방인이여, 당신은 무서운 것들을 알고 있어요. 그런데 야생적인 것과 신성한 것이 인간을 없앤다는 것을 모르나요?

이방인 알아요. 당신은 라트모스 산으로 올라갈 때 더 이상 인간이 아니지요. 하지만 불멸의 신들은 혼자 있을 줄 알아요. 그런데 당신은 외로움을 원하지 않는군요. 당신은 짐승들의 성을 찾고 있어요. 그녀에게 당신은 자는 척하지요. 그렇다면 당신이 그녀에게 요구한 것은 도대체 무엇이오?

엔디미온 나에게 다시 한 번 미소를 보내는 것입니다. 그리고 이번에는 내가 뿌려진 피, 그녀의 개에게 물려 찢어진 살이 되는 것이지요.

이방인 그러니까 그녀는 당신에게 뭐라고 말했어요?

엔디미온 아무 말도 하지 않아요. 그냥 나를 바라볼 뿐이지요. 새벽 아래 나를 홀로 내버려 두지요. 그리고 나는 너도 밤나무들 사이로 그녀를 찾아 헤맵니다. 낮의 빛살이 내 눈을 찌르지요. 그녀는 말했어요. 〈너는 절대 깨어나지 않아야 해.〉

이방인 오, 인간이여, 정말로 깨어나는 날이 되면, 그녀가 왜 너에게 미소를 보내지 않았는지 알게 될 거야.

엔디미온 그건 알고 있어요. 오, 이방인이여, 당신은 마치 신처럼 말하는군요.

이방인 신성한 것과 무서운 것은 땅 위를 달려가고, 우리는 지금 길을 가고 있지. 그대가 바로 그렇게 말했지.

엔디미온 오, 여행하는 신[39]이시여, 그녀의 부드러움은 마치 새벽 같고, 드러난 땅과 하늘 같습니다. 그리고 신성합니다. 하지만 다른 사람들에게, 다른 것들과 야생 동물들에게 야생의 그녀는 짧은 웃음을 보낼 뿐이며, 모든 것을 없애는 명령이 되지요. 아무도 감히 그녀의 무릎을 건드리지 못했습니다.

이방인 엔디미온, 필멸의 네 가슴속에서 체념해라. 신도 인간도 그녀의 무릎을 건드리지 못했다. 약간 쉰 듯하고 부

---

[39] 파베세는 이 작품에 관한 어느 메모에서 이 이방인, 즉 〈여행하는 신〉이 헤르메스라고 밝혔다.

드러운 목소리는 야생의 그녀가 네게 줄 수 있는 모든 것이다.

엔디미온 하지만…….

이방인 하지만?

엔디미온 저 산이 존재하는 한 나는 잠 속에서 더 이상 평온을 얻지 못할 것입니다.

이방인 엔디미온, 모든 사람이 자신에게 할당된 잠을 갖고 있다. 그리고 네 잠은 목소리들, 외침들, 땅, 하늘, 나날로 무한하게 이루어져 있다. 용기 있게 그 잠을 자도록 해라. 그보다 나은 것은 없다. 야생의 외로움은 바로 네 것이야. 그 외로움을 그녀가 사랑하듯이 사랑해라. 그리고 이제 가야겠다, 엔디미온. 오늘 밤 너는 그녀를 볼 것이다.

엔디미온 오, 여행하는 신이시여, 감사합니다.

이방인 안녕. 하지만 기억해라. 너는 절대 다시 깨어나지 않아야 해.

파도 거품

크레테의 브리토마르티스[40]에 대해서는 칼리마코스[41]가 우리에게 말해 준다. 사포가 레스보스 섬의 동성애자였다는 것은 유감스러운 사실이지만, 삶에 대한 불만으로 인해 그녀가 바다로, 그리스의 바다로 몸을 던졌다는 사실이 더 슬픈 일이라고 우리는 생각한다. 그 바다에는 섬이 많은데, 그중 가장 동쪽에 있는 섬 키프로스로 파도에서 태어난 아프로디테가 가게 되었다. 수많은 사랑과 커다란 불행들을 보았던 바다. 아리아드네, 파이드라, 안드로마케, 헬레, 스킬레, 이오, 카산드라, 메데이아의 이름을 언급할 필요가 있을까? 그녀들은 모두 그 바다를 가로질러 갔고, 그중 여러 명이 바다에 남았다. 그 바다가 완전히 정액과 눈물에 젖어 있는지 생각해 볼 필요가 있다.

40 크레테 섬의 요정으로 그녀의 이름은 〈온화한 처녀〉라는 뜻이다. 미노스가 그녀를 사랑하여 아홉 달 동안 뒤쫓았고 어느 날 거의 붙잡힐 지경에 이르자 그녀는 높은 절벽에서 바다로 뛰어내렸다.

41 Kallímachos(기원전 305?~기원전 240?). 헬레니즘 시대 북아프리카에서 태어난 그리스의 시인으로 알렉산드리아에 거주하면서 도서관 사서로 활동했다.

사포와 브리토마르티스가 말한다

사포 여기는 단조롭군요, 브리토마르티스. 바다는 단조로워요. 당신은 오래전부터 여기 있었는데, 지겹지 않아요?

브리토마르티스 당신은 인간이었을 때를 더 좋아하는군요. 알아요. 당신은 거품을 내는 파도의 일부가 되는 것에 만족하지 않는군요. 그런데도 인간들은 죽음을, 이런 죽음을 찾지요. 당신은 왜 죽음을 찾았어요?

사포 이런 것인지 몰랐어요. 마지막으로 뛰어내림으로써 모든 것이 끝날 것이라고 믿었지요. 욕망, 불안, 동요가 완전히 사그라질 것이라고 말입니다. 바다는 집어삼킨다고, 바다는 무로 만들어 버린다고 나 자신에게 말했지요.

브리토마르티스 모든 것이 바다에서 죽고 다시 살아납니다. 이제 당신도 알잖아요.

사포 그런데 브리토마르티스, 당신은 왜 바다를 찾았어요? 당신은 요정이었잖아요?

브리토마르티스 바다를 찾은 것이 아니에요. 나는 산에서 살았지요. 그런데 어느 인간에게 쫓겨 달빛 아래 달아났어요. 사포, 당신은 우리의 숲을 몰라요. 바다 위로 깎아지른 절벽에 아주 높이 솟아 있지요. 나는 나 자신을 구하기 위해 높이 뛰었을 뿐이에요.

사포 그런데 무엇 때문에 자신을 구하려고 했어요?

브리토마르티스 그에게서 달아나고, 나 자신이 되기 위해서였지요. 그렇게 해야 했기 때문이에요, 사포.

사포 그래야 했다고요? 그 사람이 그렇게 싫었어요?

브리토마르티스 모르겠어요. 그 사람을 본 적이 없어요. 단지 달아나야 한다는 것만 알았어요.

사포 그게 가능해요? 나날, 산, 초원을 내버리고, 땅을 내버리고 파도 거품이 된다는 것, 왜 그 모든 것을 해야 했어요? 당신이 무엇을 〈해야 했다〉는 거예요? 거기에서 욕망을 느끼지 않았어요? 당신은 욕망으로도 이루어져 있지 않았어요?

브리토마르티스 아름다운 사포여, 무슨 말인지 모르겠군요. 욕망과 불안은 당신을 바로 지금의 모습으로 만들었어요. 그런데 나도 달아났다고 불평하는군요.

사포 당신은 인간이 아니었어요. 어떤 것으로부터도 달아날 필요가 없다는 것을 알고 있었잖아요.

브리토마르티스 나는 욕망으로부터 달아난 것이 아니에요, 사포. 나는 원하는 것을 갖고 있어요. 예전에는 절벽의 요정이었고, 지금은 바다의 요정이지요. 우리는 그렇게 만들어졌어요. 우리의 삶은 나뭇잎과 줄기, 샘물, 파도 거품이에요. 우리는 사물을 스치며 노는 것을 좋아하고, 달아나지 않아요. 단지 변할 뿐이지요. 그것이 우리의 욕망이자 운명이에요. 우리의 유일한 공포는 인간이 우리를 소유하고, 우리를 붙잡아 두는 것이지요. 그럴 경우 모든 것이 끝날 테니까요. 당신은 칼립소[42]를 알아요?

사포 이야기를 들었어요.

브리토마르티스 칼립소는 어느 남자에게 사로잡혔지요. 그리고 그녀에게는 더 이상 아무것도 가치가 없었어요. 그녀는 몇 년 동안 자기 동굴에서 나오지 않았어요. 레우코테아, 칼리네이라, 키모도케, 오레이티이아가 왔고, 암피트리테[43]가 왔지요. 그들이 그녀에게 말했고, 함께 데려감으로써 구해 주었어요. 하지만 몇 년이 걸렸고, 결국 그 남자는 떠났어요.

사포 나는 칼립소를 이해해요. 하지만 그녀가 당신들의 말을 들었다는 것을 이해할 수 없군요. 그녀가 굴복한 욕망은 무엇이에요?

브리토마르티스 오, 사포, 필멸의 파도여, 당신은 미소 짓는

---

42 티탄 아틀라스의 딸로 요정이며, 귀향하던 중 난파당한 오딧세우스를 자기 섬에 맞이하여 10년(또는 7년) 동안 함께 머물렀다.

43 세멜레의 동생 이노는 어린 디오니소스를 맡아 길렀다가 헤라의 분노로 광기에 사로잡혀 아들과 함께 바다에 뛰어들어 죽었는데, 아프로디테의 도움으로 바다의 여신이 되어 레우코테아로 불렸다. 칼리네이라, 키모도케, 암피트리테는 네레우스와 도리스 사이에 태어난 50명(또는 100명)의 딸들로 이루어진 네레이스들(복수형은 네레이데스), 즉 바다의 정령에 속한다. 오레이티이아는 아테나이 왕 에레크테우스의 딸로 보레아스에게 납치당했고, 나중에 가벼운 미풍이 되었다.

다는 것이 무엇인지 절대 모를 거예요.

사포 살아 있었을 때에는 알고 있었어요. 그래서 나는 죽음을 찾았어요.

브리토마르티스 오, 사포, 그건 미소 짓는 것이 아니에요. 미소 짓는다는 것은 운명을 받아들이면서 파도나 나뭇잎으로서 살아가는 거예요. 그리고 한 형태로 죽고, 다른 형태로 다시 태어나는 것이지요. 자기 자신과 운명을 받아들이고, 또 받아들이는 것이지요.

사포 그러니까 당신은 운명을 받아들였어요?

브리토마르티스 나는 달아났어요, 사포. 우리에게 그것은 아주 쉬워요.

사포 나도 살아 있었을 때에는 달아날 줄 알았어요, 브리토마르티스. 내가 달아난다는 것은 사물과 마음의 동요를 바라보고, 시를 쓰고, 말을 하는 것이었지요. 하지만 내 운명은 전혀 다른 것이었어요.

브리토마르티스 왜 그렇지요, 사포? 운명은 행복이에요. 노래를 불렀을 때, 당신은 행복했어요.

사포 나는 행복한 적이 전혀 없었어요, 브리토마르티스. 욕망은 노래하는 것이 아니에요. 욕망은 뱀처럼, 바람처럼 파괴하고 불태우지요.

브리토마르티스 당신은 욕망과 동요 속에서 평온하게 살아가는 인간 여자를 아무도 몰라요?

사포 아무도…… 아니, 혹시 알지도 모르지요…… 사포 같은 여자는 아니에요. 당신이 산의 요정이었을 때 나는 아직 태어나지도 않았어요. 어느 여자가 이 바다를 건넜지요. 그녀는 인간이었고, 언제나 동요 속에 살았어요. 아니면 혹시 평온 속에 살았는지도 모르지요. 그녀는 마치 여신처럼 죽이고 파괴하고 눈멀게 만들었던 여자였어요. 그러면서도 언제나 자기 자신으로 남아 있었지요. 혹시 그녀가 미소를 지을 만한 것이 없었는지도 몰라요. 아름다웠고, 어리석은 짓을 저지르지 않았고, 그녀 주위에서 모두가 싸우고 죽었어요. 브리토마르티스, 사람들은 오로지 한순간만이라도 그녀의 이름이 자신과 연결되기를 원하면서 싸우고 죽었지요. 그녀는 모든 사람의 삶과 죽음에 이름을 부여했어요. 사람들은 그녀를 위해 미소를 지었지요…… 당신도 그녀를 알고 있어요. 그녀는 바로 틴다레오스와 레다의 딸 헬레네이지요.

브리토마르티스 그런데 그녀는 행복했어요?

사포 달아나지는 않았어요. 그건 분명해요. 자기 자신으로 충분했지요. 자신의 운명이 무엇인지 묻지 않았어요. 그녀를 원하고 또 충분히 강했던 사람이 그녀를 차지했지요. 그녀는 열 살 때 어느 영웅을 따라갔고, 형제들이 그에게서 그녀를 되찾아 다른 영웅과 결혼시켰는데, 그 영웅도 그녀를 잃었고, 수많은 사람들이 바다 건너에서 그녀를 사이에 두고 다투었지요. 그리고 두 번째 영웅이 그녀를 다시 차지했고, 그녀는 그와 함께 평화롭게 살았고, 죽어서 묻혔고, 하데스에서 또 다른 영웅들을 만났어요.[44] 그녀는 누구에게도 거짓말을 하지 않았고, 누구에게도 미소를 짓지 않았어요. 아마 행복했을 것입니다.

브리토마르티스 당신은 그녀가 부러워요?

사포 나는 아무도 부러워하지 않아요. 나는 죽고 싶었을 뿐이에요. 다른 존재가 되는 것으로 충분하지 않아요. 만약 내가 사포가 될 수 없다면, 차라리 무가 되는 것이 더 나을 거예요.

브리토마르티스 그러니까 운명을 받아들이는 것인가요?

사포 받아들이지 않아요. 내가 바로 운명이에요. 아무도 운명을 받아들이지 않아요.

브리토마르티스 미소를 지을 줄 아는 우리는 예외지요.

사포 멋진 생각이군요. 당신들의 운명에서는 그렇겠지요. 그런데 그게 무슨 뜻이에요?

브리토마르티스 받아들이고 또한 받아들여진다는 뜻이지요.

사포 아니, 그게 무슨 말이에요? 어떤 힘이 당신을 강탈하고, 당신이 바로 욕망이 되는 것, 마치 암초들 사이의 거품처럼, 남자나 여자 동료의 육체 주위에서 몸부림치는 떨리는 욕망이 되는 것을 받아들일 수 있어요? 그리고 그 육체는 당신을 밀쳐내고 부서뜨리고, 당신은 또다시 떨어지는데, 그런데도 당신은 암초를 껴안고 받아들이려고 하는군요. 다른 때에는 당신이 바로 암초이고, 거품, 즉 동요가

---

44 아름다운 헬레네는 어린 나이에 테세우스에게 납치되었는데, 그녀의 쌍둥이 형제들인 카스토르와 폴리데우케스가 다시 데려왔다. 그리고 스파르테 왕 메넬라오스와 결혼했다가 파리스를 따라 트로이아로 건너갔다. 트로이아 전쟁이 끝난 후에는 메넬라오스와 함께 스파르테로 돌아와 살다가 죽었다.

당신의 발치에서 몸부림치기도 하지요. 아무도 절대 평온을 얻지 못해요. 그 모든 것을 받아들일 수 있어요?

브리토마르티스 받아들여야 해요. 당신은 달아나고 싶었고, 그래서 당신도 지금은 거품이에요.

사포 그런데 당신은 이 단조로움, 이 바다의 불안함을 느끼지 않아요? 여기에서는 모든 것이 쉴 새 없이 물속에 잠기고 끓어오르지요. 죽은 것까지 불안정하게 몸부림치고 있어요.

브리토마르티스 당신은 바다를 알아야 해요. 당신도 역시 어느 섬에서…….

사포 오, 브리토마르티스, 어렸을 때부터 나는 바다가 무서웠어요. 이 끊임없는 삶은 단조롭고 슬퍼요. 그 단조로움을 표현할 말이 없어요.

브리토마르티스 예전에 내 섬에서 사람들이 오고 떠나는 것을 보았어요. 사포, 당신 같은 여자들, 사랑에 빠진 여자들도 있었지요. 그렇지만 전혀 슬프거나 피곤해 보이지 않았어요.

사포 알아요, 브리토마르티스. 알아요. 하지만 그들의 길을 따라가 보았어요? 이방인의 땅에서 집의 서까래에 자기 손으로 목을 맨 여자도 있지요. 버림받은 채 아침에 어느 암초 위에서 잠에서 깬 여자도 있어요. 그리고 다른 여자들, 그 모든 섬과 모든 땅에서 온 다른 많은 여자들이 바닷속으로 들어갔고, 누구는 하녀가 되었고, 누구는 찢겨 죽었고, 누구는 자기 자식들을 죽였고, 누구는 밤낮으로 힘

겹게 살았고, 또 누구는 더 이상 뭍에 발을 딛지 못하고 바다의 동물이나 사물로 변했어요.

브리토마르티스 하지만 당신이 말한 틴다레오스의 딸 헬레네는 아무 일 없이 바다에서 나왔지요.

사포 하지만 재난과 살육을 뿌렸어요. 그녀는 아무에게도 미소를 짓지 않았어요. 아무에게도 거짓말을 하지 않았지요. 아, 그녀는 바다에 어울리는 여인이었어요. 브리토마르티스, 이 아래에서 태어난 자를 기억해 보세요…….

브리토마르티스 누구를 말하는 것이지요?

사포 당신이 아직 보지 못한 섬이 하나 있어요. 아침이 떠오를 때, 태양 속에 있는 최초의 그녀…….

브리토마르티스 오, 사포.

사포 그곳 거품에서 이름 없는 그녀, 혼자서 미소 짓는, 불안정하고 고뇌 어린 그녀가 튀어나왔지요.

브리토마르티스 하지만 그녀는 괴로워하지 않아요. 그녀는 위대한 여신이에요.

사포 그리고 바닷속에 잠기고 몸부림치는 모든 것은 그녀의 실질이자 그녀의 호흡이지요. 브리토마르티스, 당신은 그녀를 본 적이 있어요?

브리토마르티스 오, 사포, 말하지 마세요. 나는 단지 작은 요정일 뿐이에요.

사포 그러니까 당신은…….

브리토마르티스 그녀 앞에서는 우리 모두 달아나지요. 그녀에 대해 말하지 마세요.

어머니

멜레아그로스[45]가 태어났을 때 그의 수명은 어머니 알타이아가 화로에서 꺼낸 타다 남은 장작과 연결되어 있었다. 멜레아그로스가 멧돼지 가죽의 자기 몫을 요구하던 외삼촌을 살해했을 때, 단호한 어머니는 분노가 폭발하여 타다 남은 장작을 다시 불 속에 던졌고 재가 되도록 내버려 두었다.

45 칼리돈의 왕 오이네우스와 알타이아의 아들로 그가 태어났을 때 운명의 여신이 화로 안에 타고 있던 장작이 다 탈 때까지 살 것이라고 예언하자 알타이아는 장작을 꺼내 불을 끈 다음 상자에 보관했다. 그런데 유명한 멧돼지 사냥의 결과를 두고 다투던 멜레아그로스는 외삼촌들을 죽였고, 화가 난 알타이아는 상자에 보관하던 장작을 꺼내 불 속에 던져 태웠고 멜레아그로스도 죽었다.

멜레아그로스와 헤르메스가 말한다

멜레아그로스 나는 장작개비처럼 불탔어요, 헤르메스.

헤르메스 하지만 너는 많은 고통을 받지는 않았을 거야.

멜레아그로스 그 이전의 열정, 고뇌가 더 나빴어요.

헤르메스 이제 내 말을 잘 들어, 멜레아그로스. 너는 죽었어. 불꽃, 타오름은 이제 지나갔어. 너는 지금 그 불꽃에서 떨어져 나온 연기도 아니야. 너는 거의 무에 가까워. 체념해라. 그리고 세상의 사물, 아침, 저녁, 마을 들이 이제 너에게는 아무것도 아니야. 지금 네 주위를 둘러봐.

멜레아그로스 아무것도 보이지 않아요. 그래도 상관없어요. 나는 아직 숯불처럼…… 세상의 마을들에 대해 뭐라고 하셨지요? 오, 헤르메스, 당신 같은 신에게 세상은 분명히 아름답고 진기하고 또 언제나 달콤하겠지요. 헤르메스, 당신은 당신의 눈을 갖고 있어요. 하지만 나 멜레아그로스는 단순한 사냥꾼이자 사냥꾼들의 아들이었을 뿐이에요. 나는 내 숲 밖으로 나간 적도 없었고, 화로 앞에서 살았고,

또 내가 태어났을 때 내 운명은 어머니가 꺼낸 타다 남은 장작 속에 이미 갇혀 있었지요. 나는 단지 몇몇 동료와 야생 동물들, 어머니 외에는 아무도 몰랐어요.

헤르메스 너는 어떤 인간이든지 인간이 혹시 그 외에 다른 사람을 알았을 것이라고 생각하나?

멜레아그로스 모르겠어요. 하지만 산과 강 너머의 자유로운 생활, 항해, 섬들, 괴물들과 신들과의 만남에 대한 이야기를 들었어요. 나보다 더 강하고, 더 젊고, 이상한 운명을 타고난 사람들에 대한 이야기를 들었어요.

헤르메스 그들 모두에게 어머니가 있었단다, 멜레아그로스. 또 수행해야 할 노고들도 있었지. 그리고 죽음이 그들을 기다리고 있었지. 누군가에 대한 열정 때문에 말이야. 누구도 자기 자신의 주인이 아니었고, 다른 사람을 전혀 몰랐어.

멜레아그로스 어머니…… 누구도 내 어머니를 몰라요. 자신의 운명이 어머니의 손안에 있음을 알고 또 자신이 불타는 것을 느낀다는 것이 무엇을 의미하는지 아무도 몰라요. 불꽃을 응시하는 그 눈을 몰라요. 내가 태어나던 날 무엇 때문에 불타는 장작이 재가 되도록 내버려 두지 않고 불 속에서 꺼냈습니까? 그래서 나는 멜레아그로스가 되었고, 울고, 놀고, 사냥을 가고, 겨울을 보고, 계절들을 보고, 어른이 되어야 했지요. 하지만 또한 다른 것을 알아야 했고, 가슴속에 그 짐을 지고 다녀야 했고, 매일 그녀의 얼굴에서 내 운명을 엿보아야 했어요. 그것은 바로 고뇌입니다.

외부의 적은 아무것도 아니에요.

헤르메스 너희 인간은 정말로 이상해. 너희가 알고 있는 것에 대해 놀라니까 말이야. 적이 중요하지 않다는 것은 분명해. 각자에게 자신의 어머니가 있다는 것도 마찬가지로 분명해. 그런데 도대체 무엇 때문에 자기 운명이 그녀의 손안에 있다는 사실을 받아들이지 못하는 거지?

멜레아그로스 헤르메스, 우리 사냥꾼들은 협정을 맺고 있어요. 산에 올라갈 때 우리는 서로를 도와줘요. 각자 다른 사람의 생명을 손에 쥐고 있지만, 동료를 배신하지 않아요.

헤르메스 오, 어리석구나. 오직 동료만 배신하는 법이야…… 하지만 문제는 그게 아니야. 너희의 삶은 언제나 타다 남은 장작 속에 있어. 어머니는 너희를 불 속에서 *끄*집어낸 것이고, 너희는 반쯤 불탄 상태로 살아가는 거야. 그리고 너희를 끝장내는 열정도 바로 어머니의 열정이야. 너희가 어머니의 피와 살이 아니라면 대체 무엇이야?

멜레아그로스 헤르메스, 그녀의 눈을 보았어야 해요. 어릴 때부터 그 눈을 보았어야 하고, 그 친숙한 눈이 매일, 매년 당신의 모든 걸음걸이와 행동을 응시하고 있다는 것을 느끼고, 또 그 눈이 늙어 가고 죽어 간다는 것을 알고, 거기에 대해 괴로워하고 슬퍼하며, 그 눈에 거슬릴까 두려워했어야 해요. 그렇다면 그 눈이 타다 남은 장작을 보면서 불꽃을 응시하는 것을 받아들일 수 없어요. 그래요.

헤르메스 멜레아그로스, 너는 그것도 알고 있으면서 놀라는 것이냐? 하지만 그 눈이 늙어 가고 죽어 간다는 것은, 바로 그동안 네가 성장하고, 그 눈에 거슬린다는 것을 알면서도 살아 있는 진정한 다른 눈을 찾아 다른 곳에 간다는 것을 의미하지. 그리고 만약 그 다른 눈을 찾아내면—그것은 언제나 찾아내게 돼, 멜레아그로스—그 눈을 지닌 사람은 다시 어머니가 된다. 그런데도 너는 아직 그것이 누구와 관련되는지 모르고 혼자서 만족해하고 있어. 하지만 그들, 늙은 어머니와 젊은 어머니는 분명히 알고 있지. 불꽃과 함께, 태어나면서부터 정해진 운명을 누구도 피할 수 없어.

멜레아그로스 다른 누군가도 나와 똑같은 운명을 가졌나요, 헤르메스?

헤르메스 모두가 그렇다, 멜레아그로스. 모두가 그래. 누군가에 대한 열정 때문에 죽음이 모두를 기다리고 있지. 모두의 피와 살 속에는 어머니가 울부짖고 있어. 사실 많은 사람들이 비열하지. 너보다 훨씬 더 비열해.

멜레아그로스 나는 비열하지 않았어요, 헤르메스.

헤르메스 나는 지금 인간으로서의 너에게 말하는 것이 아니라 그림자로서의 너에게 말하고 있다. 인간은 모르는 동안에는 용감하지.

멜레아그로스 지금 주위를 둘러보아도 나는 비열하지 않아요. 나는 지금 많은 것을 알아요. 하지만 나는 그녀도, 젊은 그녀도 그 눈을 알고 있으리라고 생각하지 않아요.

헤르메스 전에는 몰랐지. 바로 그 눈 〈자체〉였으니까.

멜레아그로스 오, 아탈란테,[46] 당신도 어머니가 되고 불꽃 속을 바라볼 수 있을지 궁금하다오.

헤르메스 너희가 멧돼지를 죽인 날 저녁 그녀가 한 말을 기억하고 있구나.

멜레아그로스 그날 저녁은 바로 협정의 저녁이었지요. 나는 그녀를 잊을 수 없어요, 헤르메스. 아탈란테는 격노했어요. 멧돼지가 눈밭으로 달아나도록 내가 내버려 두었기 때문이지요. 그녀는 나를 향해 도끼를 던졌고 내 어깨를 잡았어요. 나는 도끼가 스쳐 지나가는 것을 느꼈지만, 그녀보다 더 화가 나서 외쳤지요. 〈집으로 돌아가. 여자들과 함께 돌아가란 말이야, 아탈란테. 여기는 아가씨들이 변덕을 부리는 장소가 아니야.〉 그리고 그날 저녁 멧돼지가 죽었을 때, 아탈란테는 동료들 한가운데에서 나와 함께 걸어갔는데, 혼자 눈밭으로 가서 찾아온 도끼를 나에게 주었지요. 그날 저녁 우리는 협정을 맺었어요. 사냥을 가면서 둘 중 하나는 상대방이 분노에 이끌리지 않도록 번갈아 가며 무기를 들지 않겠다고 말입니다.

헤르메스 그러니까 아탈란테가 무어라고 말하던가?

멜레아그로스 나는 그 말을 잊지 않았어요, 헤르메스. 그녀는 말했지요. 〈오, 알타이아의 아들이여, 멧돼지 가죽은 우리의 결혼 침대 위에 걸려 있을 거예요. 당신의 피와 내 피의 대가처럼 될 거예요.〉 그리고 미소를 지었고, 그렇게 용

---

46 칼리돈의 멧돼지 사냥에 참가한 처녀 사냥꾼으로 멧돼지를 죽이는 데 결정적인 기여를 했고, 아탈란테를 사랑한 멜레아그로스는 멧돼지 가죽을 그녀에게 주려고 하다가 외삼촌들을 죽이게 되었다.

서받았지요.

헤르메스 멜레아그로스, 어떤 인간도 아가씨 시절의 어머니를 상상할 수 없단다. 그런데도 그런 말을 하는 사람은 불꽃을 바라볼 수 있을 거라고 생각하지 않는 것이냐? 나이든 알타이아도 피의 대가로 너를 죽였어.

멜레아그로스 오, 헤르메스, 그 모든 것이 내 운명이에요. 하지만 자신의 나날이 다른 누구의 손안에도 붙잡혀 있지 않은 채 실컷 살았던 사람들도 있어요……

헤르메스 멜레아그로스, 너는 그런 사람을 알고 있어? 그들은 아마 신들일 것이야. 어떤 비겁한 사람이 머리를 숨기는 데 성공할 수도 있지만, 그런 사람도 역시 어머니의 피를 갖고 있고, 그렇다면 증오, 열정, 분노가 저절로 그의 가슴속에서 불타오르게 되지. 삶의 어느 날 저녁 그 사람도 불타오르는 것을 느끼게 돼. 물론 모든 사람이 그렇게 죽는 것은 아니야. 너희가 그것을 알게 될 때는 바로 너희 모두가 죽은 자로서의 삶을 이끌고 있을 때야. 내 말을 믿어, 멜레아그로스. 너에게는 행운이 있었어.

멜레아그로스 하지만 내 자식도 보지 못하고…… 내 결혼 침대도 거의 모르고…….

헤르메스 너에게는 행운이 있었어. 네 자식들은 태어나지 않을 거야. 네 침대는 쓸쓸하지. 네 동료들은 네가 없었을 때처럼 사냥을 가고 있어. 너는 그림자이고 무야.

멜레아그로스 그러면 아탈란테, 아탈란테는요?

헤르메스 집은 텅 비어 있지. 날은 어두워지는데 너희가 사냥에서 늦게 돌아올 때처럼 말이야. 네가 복수하도록 부추겼던 아탈란테는 죽지 않았어. 두 여자는 말없이 함께 살면서, 네 어머니의 형제가 살해당했고 또 네가 재로 변했던 화로를 바라보고 있지. 아마 서로 증오하지도 않을 거야. 서로를 너무 잘 알지. 남자가 없으면 여자들은 아무것도 아니지.

멜레아그로스 하지만 그럼 무엇 때문에 우리를 죽였어요?

헤르메스 무엇 때문에 너희를 만들었는지 물어보게나, 멜레아그로스.

두 영웅

호메로스를 다시 쓸 필요는 없다. 다만 우리는 파트로클로스의 죽음 전날 밤에 있었던 대화에 대해 언급하고 싶었을 뿐이다.

아킬레우스와 파트로클로스가 말한다

아킬레우스 파트로클로스, 왜 우리 인간들은 서로 용기를 돋우기 위해 언제나 〈나는 더 나쁜 것도 보았어〉 하고 말하는 것일까? 차라리 이렇게 말해야 하지 않을까? 〈가장 나쁜 것은 나중에 올 거야. 우리가 시체가 되는 날이 올 거야.〉

파트로클로스 아킬레우스, 나는 더 이상 자네를 이해할 수 없어.

아킬레우스 하지만 나는 자네를 이해해. 파트로클로스를 죽이기 위해서는 약간의 포도주로 충분하지 않지. 이제 알겠어. 결국 우리와 비천한 사람들 사이에는 아무런 차이가 없어. 모두에게 가장 나쁜 일이 있지. 그리고 그 가장 나쁜 일은 마지막에 와. 다른 모든 것 뒤에 오고, 마치 한 줌의 흙처럼 우리의 입을 틀어막지. 〈나는 이것을 보았어. 나는 저런 일을 겪었어〉 하고 기억한다는 것은 언제나 아름다워. 그런데 바로 가장 힘든 일을 기억할 수 없다는 것은 불공평하지 않아?

파트로클로스 최소한 우리 둘 중 하나는 상대방을 위해 기억할 수 있을 거야. 그러기를 바라. 그러면 우리는 운명을 갖고 장난하게 될 거야.

아킬레우스 그렇기 때문에 오늘 밤 마시는 거야. 어린아이에게는 죽음이 존재하지 않기 때문에 아이는 술을 마시지 않는다고 혹시 생각해 보지 않았나? 파트로클로스, 자네는 소년이었을 때 술을 마셔 보았나?

파트로클로스 내가 자네와 함께 또 자네처럼 하지 않은 것은 아무것도 없다네.

아킬레우스 내가 말하고 싶은 건 이런 거야. 우리가 언제나 함께 놀고 사냥했을 때, 하루는 짧았지만 세월은 전혀 지나가지 않는 것처럼 보였을 때, 자네는 혹시 죽음이, 자네의 죽음이 무엇인지 알고 있었나? 왜냐하면 소년일 때에도 서로 죽일 수 있지만, 죽음이 무엇인지는 모르기 때문이야. 그러다가 갑자기 죽음이 자기 안에 있다는 것을 깨닫는 날이 오고, 그때부터 어른이 되는 거야. 서로 싸우고 놀고 마시고 초조하게 밤을 보내지. 자네 혹시 술에 취한 소년을 본 적이 있어?

파트로클로스 처음 취한 것이 언제였는지 생각해 보고 싶군. 모르겠어. 기억나지 않아. 언제나 술을 마셨고, 죽음을 몰랐던 것 같아.

아킬레우스 자네는 아직 소년 같아, 파트로클로스.

파트로클로스 그걸 자네 적들에게 물어보게, 아킬레우스.

아킬레우스 그러겠네. 하지만 자네에게 죽음은 존재하지 않

아. 그리고 죽음을 두려워하지 않는 자는 훌륭한 전사가 아니야.

파트로클로스 어쨌든 나는 오늘 밤 자네와 함께 술을 마시고 있네.

아킬레우스 그런데 파트로클로스, 자네는 기억나는 것들이 없나? 자네가 정말로 무엇을 했는지, 자네의 삶은 어떤 것이었는지, 땅과 바다에다 자네에 대해 무엇을 남겼는지 물어보아도, 〈나는 이런 것을 보았어. 나는 이런 것을 했어〉하고 말한 적이 없잖아? 만약 기억하지 않는다면 나날을 보내는 것이 무슨 소용이 있을까?

파트로클로스 아킬레우스, 소년이었을 때 우리는 아무것도 기억하지 않아. 온종일 함께 있는 것으로 충분했지.

아킬레우스 나는 테살리아 지방의 누군가가 아직도 그때를 기억하고 있는지 묻고 싶어. 이 전쟁에서 동료들이 그곳으로 돌아가게 될 때, 누군가는 그 길들을 지나갈 것이고, 또 누군가는 한때 우리도 그곳에 있었다는 것을, 지금도 분명히 그곳에 있을 다른 소년들과 똑같은 두 소년이었다는 것을 알고 있을 거야. 지금 자라고 있는 소년들도 그것을 알 거야. 무엇이 그들을 기다리고 있을까?

파트로클로스 소년일 때는 그런 생각을 하지 않아.

아킬레우스 우리는 보지 못하겠지만, 앞으로 또 태어날 나날이 있어.

파트로클로스 우리는 벌써 많은 나날을 보지 않았나?

아킬레우스 아닐세, 파트로클로스. 그렇게 많지 않아. 우리가 시체가 되는 날이 올 거야. 우리의 입은 한 줌의 흙으로 틀어막히겠지. 그리고 우리가 보았던 것도 더 이상 모를 거야.

파트로클로스 그런 것은 생각할 필요 없어.

아킬레우스 생각하지 않을 수 없네. 소년일 때는 불멸의 존재 같아. 서로 바라보고 함께 웃지. 대가를 치르는 것을 몰라. 노고와 후회를 몰라. 장난삼아 서로 싸우고 죽어서 땅에 쓰러지지. 그러고 나서 웃고 다시 놀이를 하지.

파트로클로스 우리는 지금 다른 놀이들을 누리고 있어. 침실과 전리품이지. 그리고 적들. 또 오늘 밤 이렇게 마시는 것. 아킬레우스, 우리 언제 전쟁터로 돌아갈까?

아킬레우스 안심하게, 우리는 돌아갈 거야. 운명이 우리를 기다리고 있어. 함선들이 불타오를 때가 그때일 거야.

파트로클로스 그 정도까지?

아킬레우스 왜 그렇게 놀라나? 자네는 더 나쁜 것도 보지 않았나?

파트로클로스 나는 초조해. 우리는 전쟁을 끝내려고 여기에 있어. 아마 내일이라도.

아킬레우스 서두르지 말게, 파트로클로스. 〈내일〉이라는 말은 신들이나 하도록 놔두게. 오로지 신들에게만 과거에 있었던 것이 미래에도 있을 거야.

파트로클로스 하지만 더 나쁜 것을 보는 것은 우리에게 달려 있어. 마지막 순간까지 말이야. 마시게, 아킬레우스. 창과 방패를 위해. 과거에 있었던 것은 미래에도 또 있을 거야.

우리는 다시 위험을 무릅쓸 거야.

아킬레우스 나는 필멸의 인간들과 불멸의 신들을 위해 마시겠네, 파트로클로스. 내 아버지와 내 어머니를 위해. 기억 속에 있는 과거에 있었던 것을 위해. 그리고 우리 둘을 위해.

파트로클로스 자네는 많은 것을 기억하나?

아킬레우스 평범한 어느 여인이나 거지보다 많지 않아. 그들도 예전에는 소년이었지.

파트로클로스 자네는 부자일세, 아킬레우스. 자네에게 부는 내버리는 걸레와 같아. 오로지 자네만이 거지와 같다고 말할 수 있네. 자네는 테네도스 섬을 공격했고, 아마존의 허리띠를 부서뜨렸고,[47] 산에서 곰들과 싸웠네. 다른 어떤 어머니가 아기를 자네처럼 불 속에서 단련시켰나? 자네는 바로 검이고 창이네, 아킬레우스.

아킬레우스 불 속에서만은 예외지. 자네는 언제나 나와 함께 있었지.

파트로클로스 그림자가 구름을 뒤따르듯이 그랬지. 테세우스와 페이리토오스처럼 말이야.[48] 아킬레우스, 혹시 언젠가 자네도 하데스에 내려와 나를 구해 줄 날이 있을지 모르겠네. 그것도 두고 보아야겠지.

아킬레우스 하데스가 없었던 시절이 더 좋았어. 그때 우리는

---

[47] 그리스군은 트로이아를 공격하기 위해 가던 도중 테네도스 섬에 기항했고, 거기에서 아킬레우스는 테네스를 죽였다. 또한 트로이아를 공격하면서 아킬레우스는 아마존 여인들의 여왕 펜테실레이아를 죽였다.

[48] 테세우스와 페이리토오스는 절친한 친구로 거의 모든 모험에서 함께 했으며, 페르세포네를 납치하기 위해 하데스까지 함께 내려가기도 했다.

숲과 개울 사이로 갔고, 땀을 씻었지. 우리는 소년이었어. 당시에는 모든 행동, 모든 눈짓이 놀이였어. 우리 자신이 바로 기억이었고, 아무도 그걸 몰랐어. 우리에게 용기가 있었나? 모르겠어. 중요하지 않아. 켄타우로스의 산 위에 여름이 있었고, 겨울이 있었고, 또 모든 삶이 있었다는 것은 알아. 우리는 불멸의 존재였어.

파트로클로스 하지만 그 후에 나빠졌지. 위험과 죽음이 왔어. 그리고 우리는 전사가 되었어.

아킬레우스 운명은 피할 수 없어. 그리고 나는 내 아들을 보지도 못했어. 데이다메이아[49]도 죽었어. 오, 무엇 때문에 나는 여자들로 둘러싸인 그 섬에 머무르지 않았을까?

파트로클로스 그랬다면 초라한 기억만 가졌겠지, 아킬레우스. 아직도 소년일 거야. 존재하지 않았던 것보다는 차라리 고통을 겪는 것이 낫지.

아킬레우스 하지만 삶이란 이런 것이라고 누가 말하나?⋯⋯ 오, 파트로클로스, 그런데 이런 것이야. 우리는 더 나쁜 것을 보아야 했어.

파트로클로스 나는 내일 전쟁터로 나갈 거야. 자네와 함께.

아킬레우스 아직 나의 날이 아니야.

파트로클로스 그렇다면 나 혼자 가겠어. 자네를 부끄럽게 만들기 위해 자네 창을 가져가겠네.

---

49 스키로스 섬의 왕 리코메데스의 딸로, 아킬레우스가 트로이아 전쟁에 출전하지 않도록 여자로 변장하여 이 섬에 머물렀을 때 그와 사랑을 나누었으며, 아킬레우스가 떠난 뒤 아들을 낳아 혼자 길렀다.

아킬레우스 그 물푸레나무를 베어 냈을 때 나는 아직 태어나지도 않았어. 거기에 남아 있는 빈터를 보고 싶군.

파트로클로스 전쟁터로 내려오면 자네에게 합당한 빈터를 볼 거야. 수많은 적들, 수많은 나무 둥치들과 함께 말이야.

아킬레우스 아직 함선들은 불타고 있지 않아.

파트로클로스 자네의 정강이받이와 방패를 가져가겠네. 자네는 내 팔 안에 있을 거야. 아무것도 나를 스치지 못할 거야. 장난하는 것처럼 보일 거야.

아킬레우스 자네는 정말로 술을 마시는 어린아이로군.

파트로클로스 아킬레우스, 자네는 켄타우로스와 함께 달렸을 때 기억에 대해 생각하지 않았어. 그리고 오늘 밤 이상으로 불멸의 존재도 아니었어.

아킬레우스 오로지 신들만이 운명을 알고 또 살아가지. 그런데 자네는 운명을 갖고 장난하는군.

파트로클로스 나와 함께 조금 더 마시세. 내일이면 아마 하데스에서 여기에 대해 말할지도 모르지.

길

모두들 알고 있듯이, 오이디푸스는 스핑크스를 이기고 이오카스테와 결혼한 다음 키타이론 산에서 자신을 구해 주었던 목동에게 물어봄으로써 자신이 누구인지 알게 되었다. 그러니까 아버지를 죽이고 어머니와 결혼할 것이라는 신탁은 사실이었고, 오이디푸스는 공포감에 스스로 장님이 되었고, 테바이를 떠나 유랑하다 죽었다.

오이디푸스와 어느 거지가 말한다

오이디푸스 나는 다른 사람들과 똑같은 사람이 아니네, 친구. 나는 운명으로부터 형벌을 받았네. 나는 사람들 사이에서 통치하기 위해 태어났지. 나는 산에서 자랐어. 먼지 속에서 걷다가 산이나 탑을 보면, 또는 멀리 있는 도시를 보면 깜짝 놀랐지. 그리고 내 운명을 찾을 줄 몰랐어. 이제 나는 아무것도 볼 수 없고, 산은 단지 힘든 장소일 뿐이야. 내가 하는 모든 것이 운명이야. 이해하겠나?

거지 나는 늙었어요, 오이디푸스. 그리고 나는 운명들만 보았지요. 그런데 다른 사람들, 심지어 하인이나 꼽추, 절름발이도 당신처럼 테바이의 왕이 되는 것을 원하지 않을 것이라고 생각합니까?

오이디푸스 내 말을 잘 이해해 주게, 친구. 내 운명은 무엇인가를 잃어버린 것이 아니었네. 나는 세월도 신체적 장애도 두렵지 않네. 나는 더 아래로 추락하고 싶고, 모든 것을 잃고 싶어. 그것은 모두의 운명이지. 하지만 오이디푸스가 되고 싶지는 않아. 모르는 채 통치해야 하는 사람은 되고 싶지 않아.

거지 이해할 수 없군요. 당신이 왕이었고, 먹고 마시고 침대 안에서 잤다는 것에 대해 감사해야 해요. 죽은 사람은 더 나쁘지요.

오이디푸스 다시 한 번 말하지만 그게 아니야. 나는 전보다 더 고통스럽네. 내가 아직 아무것도 아니었을 때, 다른 사람들과 똑같은 사람이 되고 싶었을 때보다 더 고통스러워. 하지만 그게 아니었어. 바로 운명이었지. 나는 가야 했고, 바로 우연히 테바이에 있어야 했어. 그 노인을 죽여야 했고, 그 자식들을 낳아야 했어. 자네가 아직 태어나지도 않았을 때 이미 다 이루어진 것과 같은 일을 해야 할 필요가 있을까?

거지 할 필요가 있지요, 오이디푸스. 우리에게는 그런 일이 일어나고 있고, 그것으로 충분해요. 나머지는 신들에게 맡겨요.

오이디푸스 내 삶에는 신들이 없어. 내가 부딪힌 것은 신들보다 더 잔인해. 다른 모든 사람들처럼 아무것도 모른 채 나는 잘해 내려고 노력했고, 나날 속에서 어느 날 저녁 나에게 위안을 줄 어떤 미지의 선을 찾으려고 노력했고, 내일은 내가 더 잘 할 수 있으리라는 희망을 찾으려고 노력했지. 신을 믿지 않는 자에게도 그런 만족감이 없지는 않아. 그런데 의혹들, 모호한 목소리들, 위협들이 나를 뒤따랐어. 처음에는 단지 하나의 신탁, 어떤 불길한 말 한 마디에 지나지 않았고, 나는 거기에서 벗어날 수 있으리라는 희망을 품었지. 나는 마치 도망자가 등 뒤를 돌아보듯이 그 모든 세월을 살았어. 나는 오로지 내 생각들, 휴식의 순간들, 갑작스러운 깨어남만 믿으려고 했지. 언제나 경계 상태에 있었어. 그런데도 피하지 못했어. 바로 그 모든 순간에 운명은 이루어지고 있었어.

거지 하지만 오이디푸스, 누구에게나 다 마찬가지예요. 그게 바로 운명이라는 뜻이지요. 물론 당신의 경우는 정말 가혹했어요.

오이디푸스 아니, 자네는 내 말을 이해하지 못했어. 그런 말이 아니야. 훨씬 더 가혹해도 괜찮아. 내가 한 일이 바로 내가 하고 싶었던 것이라면, 훨씬 더 추악하고 더 비열해져도 좋아. 그렇게 당한 것이 아니라면 말이야. 다른 것을 하고 싶었는데 그렇게 이루어진 것이 아니라면 말이야. 오이디푸스라는 존재는 도대체 무엇이지? 우리 모두는 도대체 무엇이지? 자네 핏속의 가장 비밀스러운 욕망까지 자네가 태어나기 전에 이미 존재했고, 또 그 모든 것이 이미 정해진 것이라면 말이야.

거지 오이디푸스, 아마 당신에게도 만족스러운 날들이 있었을 겁니다. 당신이 스핑크스를 이기고 테바이가 온통 당신을 환호했을 때, 또는 당신의 첫아들이 태어났을 때, 그리고 충고들을 들으면서 당신의 궁전 안에 앉아 있었을 때를 말하는 것이 아닙니다. 그런 것들을 당신은 더 이상 생각할 수 없을 테니까요. 좋습니다. 하지만 어쨌든 당신은 모든 사람과 똑같은 삶을 살았어요. 젊었을 때가 있었고, 세상을 보았고, 웃고 놀고 이야기했고, 지혜가 없지도 않았어요. 사물들, 깨어남과 휴식을 즐겼고, 여행을 했습니다. 좋아요, 지금 당신은 장님이 되었어요. 하지만 다른 날들을 보았지요.

오이디푸스 그걸 부정한다면 어리석은 일이겠지. 그리고 내 삶은 길었어. 그러나 다시 한 번 말하지만, 나는 사람들 사이에서 통치하기 위해 태어났어. 열이 있는 사람에게는 아주 좋은 과일도 단지 역겨움과 초조함을 줄 뿐이지. 그런데 나의 열은 바로 내 운명이야. 이미 알고 있는 것을 수행한다는 두려움, 영원한 공포감이지. 나는 알고 있었어. 마치 다람쥐가 기어오른다고 생각하지만 단지 쳇바퀴를 돌리듯이 행동하고 있다는 것을. 언제나 알고 있었지. 그래서 나 자신에게 묻는 거야. 도대체 오이디푸스는 누구였지?

거지 당신은 위대하고 진정한 군주였다고 말할 수 있어요. 나는 테바이의 길거리와 성문에서 당신에 대해 말하는 것을 들었지요. 그리고 누군가는 집을 떠나 보이오티아를 돌아다녔고, 바다를 보았고, 당신과 같은 운명을 갖기 위해 델포이로 가서 신탁을 구하기도 했지요. 보세요. 당신의 운명은 다른 사람을 바꿀 정도로 특이했어요. 하지만 언제나 한 마을에서 살고, 한 가지 직업을 갖고, 매일 똑같은 일을 하고, 평범한 자식들과 평범한 축제일들을 갖고, 자기 아버지 나이에 평범한 병으로 죽는 사람은 뭐라고 말할까요?

오이디푸스 알아, 나는 다른 사람들과 똑같은 사람은 아니야. 하지만 하인이나 멍청이도 만약 자신의 날들을 안다면, 거기에서 느끼는 그 초라한 즐거움도 역겨워할 거야. 나와 같은 운명을 찾아 떠났던 불행한 사람들은 혹시 자신의 운명에서 달아날 수 있었을까?

거지 삶은 위대해요, 오이디푸스. 당신에게 말하고 있는 내가 그런 사람 중 하나였지요. 나는 집을 떠났고, 그리스를 가로질러 갔어요. 델포이를 보았고 바다에 도착했어요. 나는 만남, 행운, 스핑크스를 만나기를 희망했지요. 테바이의 왕궁에 있는 당신이 행복하다고 생각했어요. 그 당시 나는 튼튼한 사람이었지요. 그리고 비록 스핑크스를 만나지 못했고, 어떤 신탁도 나를 위해 말해 주지 않았지만, 나는 내가 살아온 삶을 좋아했지요. 당신은 바로 나의 신탁이었어요. 당신은 내 운명을 뒤집어 놓았어요. 구걸하든 또는 통치하든, 무엇이 중요하겠어요? 우리는 함께 살아왔어요. 나머지는 신들에게 맡겨요.

오이디푸스 그런데 자네가 한 것이 자네가 원했던 것인지 절대 모를 거야…… 하지만 자유로운 길에는 분명히 무엇인가 인간적인 것, 유일하게 인간적인 것이 있어. 그 구불구불한 외로움 속에는 우리를 파먹는 그런 고통의 이미지 같은 것이 있어. 하나의 위안 같은 고통, 무더위 다음에 쏟아지는 빗줄기 같은 고통이지. 세상의 밑바닥에서, 사물에서 솟아나는 것처럼 조용하고 평온한 고통이지. 운명의 시끄러운 소란함 뒤에 오는 그런 피곤함과 그런 평온함이 아마 진정으로 우리 것이 되는 유일한 것인지도 몰라.

거지 예전에 우리는 없었어요, 오이디푸스. 그러니까 마음의 욕망도, 피도, 다시 깨어남도 무에서 나왔어요. 내가 말하려는 것은, 운명을 피하려는 당신의 욕망도 바로 운명이라는 것입니다. 우리가 우리의 피를 만든 것이 아닙니다. 그것을 알아야 하고 솔직하게 살아야 해요. 신탁에 따라 말입니다.

오이디푸스 친구여, 찾는 동안에는 물론 그렇겠지. 자네는 절대로 도달하지 않는 행운을 가졌네. 하지만 자네가 키타이론 산으로 돌아가고 더 이상 생각하지 않는 날이 올 거야. 산은 자네에게 또 다른 어린 시절이 될 것이고, 자네는 매일 그 산을 보고 또 아마 올라가기도 하겠지. 그런데 누군가가 자네는 저 위에서 태어났다고 말해 주겠지. 그러면 모든 것이 무너질 거야.

거지 당신을 이해하겠어요, 오이디푸스. 하지만 우리는 모두 어린 시절의 산을 갖고 있어요. 그리고 아무리 멀리 방랑하더라도 그 산의 오솔길로 돌아오게 되지요. 바로 그곳에서 지금 우리의 모습이 만들어졌지요.

오이디푸스 말하는 것과 실제로 겪는 것은 서로 다르다네, 친구. 하지만 말을 하면 분명히 무엇인가가 가슴속에서 평온해지지. 말한다는 것은, 행운을 찾는 젊은이들의 방식이 아니라 우리의 방식대로 목적지도 없이 밤낮없이 길을 가는 것과 비슷해. 그런데 자네는 말을 많이 했고 또 많은 것을 보았네. 정말로 자네는 통치하고 싶었나?

거지 누가 알겠어요? 분명한 것은 바꾸어야 한다는 것이었어요. 어떤 것을 찾는데 전혀 다른 것을 발견하게 되지요. 그것도 운명이에요. 하지만 말한다는 것은 우리 자신을 재발견하도록 도와주지요.

오이디푸스 자네 가족이 있나? 누군가 있어? 그렇지 않은 모양이군.

거지 지금의 내가 아니고 싶어요.

오이디푸스 이상하게도 가까운 사람을 이해하기 위해서는 그에게서 멀어져야 하지. 그리고 보다 진정한 대화는 바로 모르는 사람끼리 우연하게 나누는 대화야. 오, 나 오이디푸스는 눈이 있었을 때 이스트모스와 포키스의 길을 따라 그렇게 살아야 했어.[50] 그리고 더 이상 산에 올라가지 않고, 신탁에 신경을 쓰지 않으면서 말이야…….

거지 당신은 당신이 나누었던 대화 중에서 최소한 하나는 잊고 있군요.

오이디푸스 무슨 대화지, 친구?

거지 스핑크스의 갈림길에서 나누었던 대화지요.

---

50 태어나자마자 버림받은 오이디푸스는 이스트모스 지협 근처 코린토스의 목동들에게 발견되어 그곳에서 성장했고, 나중에는 포키스의 갈림길에서 아버지 라이오스를 살해했다.

절벽

세상의 역사에서 소위 티탄 시대에는 인간들, 괴물들, 아직 올림포스에서 조직되지 않은 신들이 살았다. 심지어 어떤 사람은 단지 괴물들, 말하자면 흉측하고 짐승 같은 육체 속에 갇힌 지성들만 있었다고 생각하기도 한다. 여기에서 헤라클레스를 필두로 하는 수많은 괴물 살해자들이 형제의 피를 흘리게 했다는 의혹이 나타났다.

헤라클레스와 프로메테우스가 말한다

헤라클레스 프로메테우스, 당신을 풀어 주러 왔어요.

프로메테우스 알고 있네. 자네를 기다리고 있었어. 자네에게 감사해야겠군, 헤라클레스. 자네는 여기까지 올라오느라고 무서운 길을 거쳐 왔어. 하지만 자네는 두려움이 무엇인지 모르지.

헤라클레스 당신 상태는 끔찍하군요, 프로메테우스.

프로메테우스 정말로 자네는 두려움이 무엇인지 모르는가? 믿을 수 없어.

헤라클레스 내가 해야 하는 것을 하지 않는 것이 두려움이라고 한다면, 그렇다면 나는 두려움을 전혀 느껴 본 적이 없어요. 하지만 프로메테우스, 나는 인간이에요. 내가 해야 하는 것을 언제나 알고 있지는 않아요.

프로메테우스 연민과 두려움이 바로 인간이지. 그 외에 다른 것은 없어.

헤라클레스 프로메테우스, 당신은 나를 붙잡고 이야기를 하려고 하는군요. 그런데 지나가는 매 순간 당신의 고통은 계속되고 있어요. 나는 당신을 풀어 주러 왔어요.

프로메테우스 알고 있네, 헤라클레스. 자네가 겨우 강보에 싸인 아기였을 때부터, 아니 자네가 아직 태어나기 전부터 이미 알고 있었지. 하지만 마치 어느 한 장소, 예를 들면 감옥이나 망명지, 위험한 곳에서 오랫동안 고통을 당하던 사람이, 막상 거기에서 벗어날 순간이 오자, 그 순간을 넘어설 것인가, 또 고통당하던 생활을 등 뒤에 남길 것인가 결정하지 못하는 것과 똑같은 일이 나에게 일어나고 있네.

헤라클레스 당신의 절벽을 떠나고 싶지 않아요?

프로메테우스 나는 떠나야 하네, 헤라클레스. 자네에게 말했듯이 자네를 기다리고 있었어. 하지만 마치 사람들에게 그렇듯이 이 순간이 나에게 중압감을 주네. 자네도 알겠지만, 여기에서는 많은 고통을 받지.

헤라클레스 당신 모습만 봐도 알 수 있어요, 프로메테우스.

프로메테우스 죽기를 원할 정도로 고통스러워. 언젠가 자네도 그런 것을 알 거야. 그리고 절벽 위로 올라가겠지. 하지만 헤라클레스, 나는 죽을 수 없어. 게다가 자네도 죽지 않을 거야.

헤라클레스 무슨 말을 하는 거예요?

프로메테우스 어느 신이 자네를 데려갈 거야. 아니, 어느 여신이지.

헤라클레스 모르겠어요, 프로메테우스. 어쨌든 내가 당신을 풀어 주게 가만히 있어요.

프로메테우스 그리고 자네는 따뜻한 감사의 마음이 가득한 어린아이처럼 될 것이고, 불의와 노고를 잊을 것이고, 하늘 아래에서 신들과 그들의 지혜와 선을 찬양하며 살아갈 거야.

헤라클레스 모든 것이 신들에게서 우리에게 오지 않나요?

프로메테우스 오, 헤라클레스, 더 오래된 지혜가 있어. 세상은 이 절벽보다 더 오래되었지. 그들도 그것을 알고 있어. 모든 것에는 운명이 있어. 하지만 신들은 젊어. 거의 자네처럼 젊지.

헤라클레스 당신도 그중 한 명이 아니에요?

프로메테우스 앞으로도 그럴 거야. 운명이 그렇게 원하지. 하지만 한때 나는 티탄이었고, 신들이 없는 세상에서 살았어. 이런 일도 일어났어…… 자네는 그런 세상을 생각할 수 없겠지?

헤라클레스 괴물들과 카오스의 세상이 아닌가요?

프로메테우스 티탄과 인간의 세상이었네, 헤라클레스. 야생 동물과 숲의 세상. 바다와 하늘의 세상이었어. 지금의 자네를 만들었던 피와 싸움의 세상이었지. 최후의 신, 가장 불공평한 신도 당시에는 티탄이었어. 현재나 미래의 세상에서 티탄이 아니면서 가치 있는 것은 아무것도 없어.

헤라클레스 절벽들의 세상이었지요.

프로메테우스 너희 인간은 모두 절벽을 갖고 있어. 그렇기 때문에 나는 너희를 사랑했지. 하지만 신들은 절벽을 모르는 자들이야. 웃을 줄도 모르고 울 줄도 모르지. 운명 앞에서 미소를 지을 뿐이야.

헤라클레스 당신을 묶어 놓은 것은 바로 그들이에요.

프로메테우스 오, 헤라클레스, 승리자는 언제나 신이야. 인간-티탄이 싸우고 저항하는 한 웃을 수 있고 울 수 있지. 만약 자네를 묶어 놓는다면, 만약 자네가 산으로 올라간다면, 그것은 바로 운명이 자네에게 허용하는 승리야. 우리는 거기에 감사해야 해. 행동하고, 자신의 희생으로 다른 사람들을 구하는 연민이 아니라면 무엇이 승리이겠는가? 각자 운명의 법칙 아래에서 다른 사람들을 위해 일하지. 헤라클레스, 나 자신이 만약 오늘 풀려난다면 누군가에게 빚을 지게 돼.

헤라클레스 나는 더 나쁜 것도 보았어요. 그리고 아직 나는 당신을 풀어 주지 않았어요.

프로메테우스 헤라클레스, 자네에 대해 말하는 것이 아니야. 자네는 자비롭고 용기가 있어. 하지만 자네는 자네의 몫을 이미 했어.

헤라클레스 나는 아무것도 하지 않았어요, 프로메테우스.

프로메테우스 만약 운명을 안다면 자네는 인간이 아닐 거야. 하지만 자네는 신들의 세상에서 살고 있어. 그리고 신들은 자네에게서 그것도 빼앗아 갔어. 자네는 아무것도 모르지만, 이미 모든 것을 했어. 켄타우로스를 기억해 보게.

헤라클레스 오늘 아침 내가 죽인 인간-짐승 말이에요?

프로메테우스 괴물들은 죽일 수 없어. 신들도 그렇게 할 수 없지. 자네가 다른 괴물, 더 짐승 같은 괴물을 죽였다고 믿게 되는 날이 올 것이고, 자네는 단지 자네의 절벽을 준비했다는 것을 알게 될 것이야. 오늘 아침 자네가 누구를 맞혔는지 알아?

헤라클레스 켄타우로스지요.

프로메테우스 자네는 케이론을, 티탄과 인간의 자비롭고 훌륭한 친구를 맞혔지.[51]

헤라클레스 오, 프로메테우스.

프로메테우스 괴로워하지 말게, 헤라클레스. 우리는 모두 똑같은 운명이야. 누구도 다른 사람이 자신을 위해 피를 흘리지 않으면 풀려날 수 없는 것이 세상의 법칙이야. 자네에게도 오이타[52] 산에서 똑같은 일이 일어날 거야. 그리고 케이론도 알고 있었어.

헤라클레스 자신을 희생했다는 뜻인가요?

프로메테우스 물론이지. 내가 불을 훔치는 것이 내 절벽이 되리라는 것을 예전에 알고 있었던 것처럼 말이야.

헤라클레스 프로메테우스, 내가 당신을 풀어 주도록 가만히 있어요. 그리고 케이론과 오이타 산에 대해 모든 것을 이야기해 주세요.

프로메테우스 나는 벌써 풀려났네, 헤라클레스. 다른 사람이

---

51 헤라클레스는 켄타우로스들과 싸울 때 실수로 스승 케이론을 화살로 맞혔고, 약을 발라도 치유되지 않는 상처의 고통 때문에 케이론은 죽기를 원했지만 불멸의 존재라서 죽을 수 없었다. 그래서 필멸의 존재로 태어난 프로메테우스가 자신의 죽음을 케이론에게 양도해 주었다.
52 테살리아 지방에 있는 산으로 헤라클레스는 죽을 때가 되었을 때 이곳으로 옮겨 달라고 하여 스스로 화장용 장작더미에 올라가 죽었다.

내 자리를 차지하면 나는 풀려날 수 있었어. 그런데 케이론이 운명이 보낸 자네의 화살에 맞았지. 하지만 카오스에서 태어난 이 세상에는 정의의 법칙이 지배하고 있어. 연민, 두려움, 용기는 단지 도구일 뿐이야. 다시 되돌아오지 않는 것은 아무것도 없다네. 자네가 과거에 뿌렸고 또 앞으로도 뿌릴 피는 자네를 오이타 산으로 보내 자네의 죽음을 맞이하도록 할 거야. 자네가 살아가면서 파괴하는 괴물들의 피가 될 거야. 그리고 자네는 바로 내가 훔친 불로 만들어진 화장용 장작더미 위로 올라갈 거야.

헤라클레스 하지만 나는 죽을 수 없어요. 당신이 말했잖아요.

프로메테우스 죽음은 신들과 함께 이 세상에 들어왔어. 너희 필멸의 인간들은 바로 신들이 불멸의 존재라는 것을 알기 때문에 죽음을 두려워하는 거야. 하지만 각자 자신에게 합당한 죽음을 갖고 있어. 그들도 끝나게 될 거야.

헤라클레스 무슨 말을 하는 거예요?

프로메테우스 모든 것을 말할 수 있지. 하지만 언제나 기억하게. 괴물들은 죽지 않는다는 것을. 죽는 것은 그들이 불러일으키는 두려움이야. 그러니까 신들의 것이지. 필멸의 인간들이 신들을 더 이상 두려워하지 않을 때 그들은 사라질 거야.

헤라클레스 티탄이 돌아올까요?

프로메테우스 돌멩이들과 숲들은 돌아오지 않아. 그냥 있는 거지. 과거에 있었던 것은 앞으로도 있을 거야.

헤라클레스 하지만 당신들은 묶였어요. 당신도 그래요.

프로메테우스 우리는 하나의 이름에 지나지 않아. 내 말을 잘 이해하게, 헤라클레스. 그리고 세상은 들판과 땅처럼 계절을 갖고 있어. 겨울이 돌아오고, 여름이 돌아오지. 숲이 죽어 없어진다거나 또는 똑같은 상태로 지속된다고 누가 말할 수 있는가? 얼마 후에는 너희가 티탄이 될 거야.

헤라클레스 우리 필멸의 인간이?

프로메테우스 너희가 필멸의 인간이건 아니면 불멸의 존재이건, 그것은 중요하지 않아.

위로될 수 없는 것

성(性), 술에 취함, 피는 언제나 지하 세계를 상기시켰고, 여러 사람에게 지하의 행복을 약속했다. 하지만 노래꾼이자 하데스 여행자이며, 디오니소스 자신처럼 찢겨 죽은 희생자인 트라케 사람 오르페우스는 그 이상의 가치가 있었다.[53]

53 헤라의 질투로 어린 디오니소스는 티탄들에 의해 갈기갈기 찢기고 잡아먹혔지만 신들에 의해 다시 살아났고, 따라서 부활 또는 재생의 신으로 간주된다.

오르페우스와 박케[54]가 말한다

오르페우스 일은 그렇게 되었어요. 우리는 그림자들의 숲 사이로 난 오솔길을 올라가고 있었지요. 코키토스, 스틱스,[55] 배, 탄식들이 이미 멀리 떨어져 있었어요. 나뭇잎 사이로 희미한 하늘의 여명이 보였어요. 나는 등 뒤로 그녀의 가벼운 발소리를 들었지요. 하지만 나는 아직 저 아래에 있었고, 그 차가움에 휩싸여 있었어요. 나는 언젠가 다시 그곳으로 돌아와야 할 것이라고, 과거에 있었던 것은 앞으로도 있을 것이라고 생각했지요. 나는 예전에 있었던 그녀와의 삶에 대해 생각했고, 또다시 끝날 것이라고 생각했지요. 과거에 있었던 것은 앞으로도 있을 것입니다. 나는 그 차가움, 그 공허감을 생각했어요. 그것은 바로 내가 거쳐 갔고 또 그녀가 자신의 뼈와 피, 골수(骨髓) 속에 갖고 있

---

54 박케(복수형은 박카이)는 박코, 즉 디오니소스를 추종하는 여신도를 가리키는 용어로 그리스 신화의 마이나스(복수형은 마이나데스)에 해당한다.
55 코키토스와 스틱스는 그리스 신화에서 지하의 저승 세계에 있는 강이다.

는 것이지요. 또다시 부활할 가치가 있을까요? 나는 생각했고 희미한 낮의 여명을 보았어요. 그래서 나는 말했지요. 〈이제 끝내자.〉 그리고 돌아보았지요. 에우리디케는 마치 촛불이 꺼지듯이 사라졌어요. 마치 생쥐가 달아나는 것 같은 작은 소음만 들렸지요.

박케 이상한 말이군요, 오르페우스. 나는 믿을 수가 없어요. 여기에서는 당신이 신들과 무사[56]들의 사랑을 받았다고 말했어요. 우리 중 많은 여인들은 사랑에 빠진 당신이 불행하다고 생각하기 때문에 당신을 따르고 있지요. 당신은 인간들 사이에서 유일하게 무의 문을 넘어설 정도로 사랑에 빠져 있었어요. 아니, 나는 믿을 수 없어요, 오르페우스. 운명이 당신을 배신했다고 해서 당신 잘못이 아니에요.

오르페우스 운명이 무슨 상관이오? 내 운명은 배신하지 않았어요. 그 여행 후에, 무를 직접 마주 본 다음에 내가 실수나 변덕 때문에 돌아다보았다는 것은 우스꽝스러워요.

박케 여기에서는 사랑 때문이었다고 말해요.

오르페우스 죽은 자를 사랑하지는 않아요.

박케 하지만 당신은 산과 언덕을 헤매면서 울었고, 그녀를 부르고 찾았어요. 그리고 하데스로 내려갔어요. 그것은 무엇 때문이었어요?

---

56 무사(복수는 무사이)는 제우스와 기억의 여신 므네모시네 사이에서 태어난 아홉 명의 딸로 학문과 예술을 담당했는데, 각자의 역할은 저자에 따라 약간씩 다르지만 보통 칼리오페는 서사시, 클리오는 역사, 폴림니아는 찬가, 에우테르페는 음악, 테르프시코라는 무용, 에라토는 서정시, 멜포메네는 비극, 탈리아는 희극, 우라니아는 천문학을 주관했다.

오르페우스 당신은 당신이 마치 인간인 것처럼 말하는군요. 그러니까 인간은 죽음에 대해 어떻게 해야 할지 모른다는 것을 알아야 해요. 내가 슬퍼한 에우리디케는 삶의 한 계절이었어요. 나는 저 아래에서 그녀에 대한 사랑이 아닌 전혀 다른 것을 찾았어요. 바로 에우리디케가 모르는 과거를 찾았지요. 나는 죽은 자들 사이에서 내 노래를 부르는 동안 그것을 깨달았어요. 나는 보았지요. 그림자들은 뻣뻣하게 굳어져 허공을 바라보았고, 탄식들이 그쳤고, 페르세포네는 손으로 얼굴을 가렸고, 어둡고 냉혹한 하데스도 필멸의 인간처럼 몸을 내밀고 귀를 기울였어요. 죽은 자들은 더 이상 아무것도 아닌 무라는 것을 나는 깨달았어요.

박케 고통이 당신을 혼란스럽게 만들었군요. 오르페우스. 누가 과거를 다시 원하지 않겠어요? 에우리디케는 거의 다시 태어난 것 같았을 거예요.

오르페우스 나중에 또다시 죽기 위해서지요, 박케. 하데스의 공포를 핏속에 갖고 다니면서 나와 함께 밤낮으로 벌벌 떨기 위해서란 말이오. 당신은 무가 무엇인지 몰라요.

박케 그래서 당신은 노래를 통해 과거를 다시 갖게 되었는데 그것을 거부하고 파괴했군요. 아니에요, 나는 믿을 수 없어요.

오르페우스 나를 이해해 줘요, 박케. 그것은 단지 노래 속에서만 진정한 과거였소. 하데스는 오로지 내 노래에 귀를 기울임으로써 자기 자신을 보았어요. 오솔길을 올라오는 동안에 이미 그 과거는 희미해졌고, 기억이 되었고, 죽음의 냄새가 났어요. 하늘의 희미한 빛이 내 눈에 닿았을 때 나는 마치 소년처럼 전율했어요. 행복하고 믿을 수 없는 느낌으로 오로지 나만을 위해, 산 자들의 세상을 위해 전율했지요. 내가 찾던 계절은 거기 그 희미한 빛 속에 있었어요. 내 뒤를 따라오고 있던 그녀가 나에게는 전혀 중요하지 않았어요. 내 과거는 여명이었고, 노래이자 아침이었어요. 그리고 나는 돌아다보았지요.

박케 어떻게 당신은 체념할 수 있었어요, 오르페우스? 돌아온 당신의 모습을 본 사람은 두려움을 느꼈어요. 에우리디케는 당신에게 존재 그 자체였어요.

오르페우스 어리석은 말이에요. 에우리디케는 죽으면서 다른 것이 되었어요. 하데스로 내려간 그 오르페우스는 더 이상 신랑도 아니고 홀아비도 아니었어요. 당시의 내 울음은 소년 시절의 눈물과 같았어요. 사람들은 소년 시절의 눈물을 기억하면서 미소를 짓지요. 그 계절은 이미 지나갔어요. 나는 울면서 그녀가 아니라 나 자신을 찾았어요. 원한다면 그건 운명이었지요. 나는 나 자신의 소리를 들었어요.

박케 우리 중 많은 여인들은 당신의 그 울음을 믿었기 때문에 당신을 뒤따랐어요. 그러니까 당신은 우리를 속였군요?

오르페우스 오, 박케, 박케, 당신은 정말로 이해하려고 하지 않는군요? 내 운명은 배신하지 않아요. 나는 나 자신을 찾았어요. 사람들이 찾는 것은 오직 그것뿐이에요.

박케 여기에서 우리는 가장 단순해요, 오르페우스. 여기에서 우리는 사랑과 죽음을 믿어요. 그리고 모두와 함께 웃고 울어요. 우리의 가장 즐거운 축제는 피가 흐르는 축제예요. 우리 트라케 여자들은 그런 것을 두려워하지 않아요.

오르페우스 삶의 측면에서 보면 모든 것이 아름답지요. 하지만 죽은 자들 사이에 다녀온 사람의 말을 믿으세요…… 그럴 필요가 없어요.

박케 예전에는 당신도 그랬어요. 당신은 무에 대해 말하지 않았어요. 죽음에 가까이 다가가는 것은 우리를 신들과 비슷하게 만들지요. 당신 자신이 가르쳤어요. 술에 취함은 삶과 죽음을 뒤엎고 우리를 인간 이상으로 만든다고 말이에요…… 당신은 축제를 보았어요.

오르페우스 이봐요, 아가씨, 중요한 것은 피가 아니에요. 술에 취함도 피도 나는 관심 없어요. 하지만 무엇이 인간인지 말하기는 어려워요. 박케, 그건 당신도 몰라요.

박케 우리 없이 당신은 아무것도 아닐 거예요, 오르페우스.

오르페우스 내가 말했지요. 나도 알고 있어요. 하지만 그게 뭐 중요해요? 당신들 없이 나는 하데스로 내려갔어요…….

박케 우리를 찾으러 내려갔지요.

오르페우스 하지만 나는 당신들을 찾지 못했어요. 나는 전혀 다른 것을 원했어요. 빛을 향해 돌아오면서 그것을 깨달았지요.

박케 한때 당신은 산 위에서 에우리디케의 노래를 불렀어요.

오르페우스 시간은 흘러가는 것이오, 박케. 산은 그대로 있고, 이제 에우리디케는 없어요. 그런 것에 이름이 있는데, 인간이라 부르지요. 축제의 신들을 부르는 것은 여기에서 소용없어요.

박케 당신도 신들을 불렀어요.

오르페우스 인간은 삶에서 모든 것을 하지요. 살아 있는 날들에는 모든 것을 믿지요. 심지어 때로는 자신의 피가 다른 사람의 혈관 속에 흐른다고 믿기도 해요. 오, 과거에 있었던 것이 파괴될 수 있다면! 술에 취했을 때는 운명을 깨뜨릴 수 있다고 믿지요. 나는 그 모든 것을 알아요. 그런데 아무것도 아니에요.

박케 당신은 죽음에 대해 어떻게 해야 할지 모르는군요, 오르페우스. 그런데 당신의 생각은 오로지 죽음뿐이에요. 한때 축제가 우리를 불멸의 존재로 만들어 주었지요.

오르페우스 그러면 당신들은 축제를 즐기세요. 아직 모르는 자에게는 모든 것이 허용되지요. 각자 한 번은 자신의 지옥으로 내려갈 필요가 있어요. 내 운명의 환희는 하데스에서 끝났어요. 내 방식대로 삶과 죽음을 노래하면서 끝났지요.

박케 그런데 운명이 배신하지 않는다는 것은 무슨 뜻이에요?

오르페우스 운명은 당신의 내부에 있고, 바로 당신의 것이라는 뜻이지요. 피보다 더 깊은 곳에 있고, 모든 취기 너머에 있어요. 어떤 신도 건드릴 수 없어요.

박케 그럴 수도 있지요, 오르페우스. 하지만 우리는 어떤 에우리디케도 찾지 않아요. 그렇다면 어떻게 우리도 지옥으로 내려가겠어요?

오르페우스 신을 부를 때마다 죽음을 알게 되지요. 그리고 무엇인가를 빼앗기 위해, 운명을 위반하기 위해 하데스로 내려가지요. 밤은 이길 수 없고, 빛은 잃게 되지요. 집착한 자들처럼 발버둥 치게 되지요.

박케 당신은 무서운 말을 하는군요…… 그러니까 당신도 빛을 잃었군요?

오르페우스 나도 거의 잃어버릴 지경이었고, 그래서 노래를 불렀지요. 나는 이해함으로써 나 자신을 발견했어요.

박케 그런 식으로 자신을 발견할 필요가 있을까요? 더 단순한 무지와 즐거움으로 가득한 방법이 있어요. 신은 삶과 죽음 사이의 주인 같아요. 사람들은 자기의 취기에 몸을 맡기고, 갈기갈기 찢고 또 찢기지요. 매번 다시 태어나고, 낮에 당신처럼 깨어나지요.

오르페우스 낮과 깨어남에 대해 말하지 마요. 그걸 아는 사람은 거의 없어요. 당신 같은 여자는 그것이 무엇인지 절대 몰라요.

박케 아마 그렇기 때문에 트라케 여자들이 당신을 뒤따르는지도 모르지요. 그녀들에게 당신은 신과 같아요. 당신은 산에서 내려왔어요. 당신은 사랑과 죽음에 대해 노래하지요.

오르페우스 어리석은 소리 하지 마요. 최소한 당신과는 이야기할 수 있군요. 혹시 언젠가 당신은 인간처럼 될지도 모르지요.

박케 혹시라도 그 전에 트라케 여자들이…….

오르페우스 말해 봐요.

박케 혹시라도 신을 갈기갈기 찢어 버리지 않는다면 말이에요.

인간 – 늑대

아르카디아의 왕 리카온[57]은 비인간적인 행위 때문에 제우스에게 벌을 받아 늑대로 변했다. 하지만 신화는 그가 언제 어디에서 죽었는지 말하지 않는다.

57 리카온은 제우스를 시험하기 위해 사람의 살을 식사로 내놓았고 그 벌로 제우스는 그를 늑대로 만들었다.

두 사냥꾼이 말한다

첫째 사냥꾼 우리가 처음으로 짐승을 죽이는 것은 아니야.

둘째 사냥꾼 하지만 우리는 처음으로 사람을 죽였어.

첫째 사냥꾼 잘 생각해 보면 우리 잘못이 아니야. 사냥개들이 그자를 우리에게로 내몰았지. 우리로서는 그자가 누구인지 말할 의무가 없어. 우리가 보았을 때 그는 백발에다 피에 젖어 바위 사이에 납작 엎드려 있거나, 눈[目]보다 더 빨간 이빨을 드러낸 채 진흙탕을 뛰어가는 모습이었어. 그런데 누가 그의 이름이나 과거의 이야기를 생각하겠는가? 찔린 창(槍)을 마치 사냥개의 목이나 되는 것처럼 물어뜯으면서 죽었어. 짐승의 털뿐만 아니라 짐승의 마음을 지니고 있었어. 얼마 전부터 이 근처 숲에서 이보다 더 큰 늑대는 보이지 않아.

둘째 사냥꾼 나는 지금 그의 이름을 생각하는 중이야. 내가 아직 어렸을 때부터 사람들은 그에 대해 이야기했어. 그가 사람이었을 때 저지른 믿을 수 없는 일들에 대해 이야기했지. 그가 〈산들의 주인님〉을 죽이려고 했다는 거야. 물론 그의 털은 새하얀 눈[雪]과 같은 색깔이었고, 핏빛 눈을 갖고 있었어. 늙고 유령 같았지.

첫째 사냥꾼 이제 끝났어. 이제 우리는 그의 가죽을 벗기고 들판으로 돌아가야 해. 우리를 기다리는 잔치를 생각해.

둘째 사냥꾼 우리는 새벽녘에 움직일 거야. 이 장작불에 우리 몸을 덥히는 것 이외에 다른 무엇을 하겠나? 시신을 지키는 것은 사냥개들이 할 거야.

첫째 사냥꾼 시신이 아니야. 단지 사체일 뿐이지. 하지만 가죽을 벗겨야 해. 그렇지 않으면 돌멩이보다 더 단단해질 거야.

둘째 사냥꾼 나는 지금 가죽을 벗긴 다음 땅에 묻어야 할지 생각하는 중이야. 한때는 사람이었어. 야생 짐승의 피는 이제 진흙 속으로 사라져 버렸어. 그리고 어느 노인이나 어린아이와 마찬가지로 한 무더기의 헐벗은 뼈와 살만 남아 있겠지.

첫째 사냥꾼 그가 늙었다는 자네 말은 맞아. 산들이 아직 황량했을 때도 그는 이미 늑대였어. 노쇠하고 곰팡이 핀 나무둥치보다 더 늙었지. 그가 한때 이름도 있었고 사람이었다는 것을 누가 기억할까? 솔직하게 말하자면 벌써 오래전에 죽었어야 해.

둘째 사냥꾼 하지만 그의 육신이 묻히지 않고 남아 있는 것은…… 그래, 그는 리카온이었어. 우리처럼 사냥꾼이었지.

첫째 사냥꾼 우리는 모두 산속에서 죽을 수 있어. 그리고 빗

줄기나 독수리 외에는 아무도 우리를 발견하지 못할 수도 있어. 정말로 사냥꾼이었다면 잘못 죽었군.

둘째 사냥꾼 늙었기 때문에 단지 눈으로만 자신을 방어했지. 그런데 자네는 그가 자네와 똑같은 사람이었다고 믿지 않는군. 자네는 그의 이름을 믿지 않아. 만약 믿는다면 그의 시신을 모욕하고 싶지 않을 거야. 왜냐하면 그도 역시 죽은 자들을 경멸했고, 난폭하고 비인간적이었다는 것을 자네도 알 테니까 말이야. 아무런 이유 없이 〈산들의 주인님〉이 그를 짐승으로 만들어 버린 것은 아니야.

첫째 사냥꾼 그가 사람들을 요리했다고 이야기하더군.

둘째 사냥꾼 나는 그보다 훨씬 덜 나쁜 짓을 했는데도 늑대가 되어 버린 사람들을 알고 있어. 그들은 울부짖고 숲 속으로 숨는 수밖에 없지. 자네는 이따금 자네 자신이 그처럼 리카온과 다르다고 느낄 정도로 자네 자신에 대해 확신하는가? 만약 어느 신이 우리를 그렇게 만든다면, 우리는 모두 그렇게 울부짖을 것이고, 우리에게 저항하는 자의 목을 물려고 덤벼들 거야. 잠에서 깨었을 때 이 두 손과 이 입, 이 목소리를 다시 발견하는 것 이외에 무엇이 우리를 구원해 주겠는가? 그런데 그에게는 해결책이 없었어. 그는 영원히 인간의 눈을 버렸고 집을 떠났지. 최소한 이제는 죽었으니 평온을 얻어야 할 거야.

첫째 사냥꾼 나는 그에게 평온이 필요했다고 생각하지 않아. 절벽 위에 웅크리고 앉아 달을 보며 울부짖을 수 있었을 때의 그보다 더 평온한 사람이 누가 있겠는가? 숲 속에서 오래 지내다 보니 알게 된 사실이지만, 나무들과 짐승들은 신성한 것을 전혀 두려워하지 않아. 바스락 소리를 내거나 하품을 하기 위해서가 아니면 하늘을 바라보지도 않아. 아니, 그들과 하늘의 주인들 사이에는 무엇인가 비슷한 것이 있어. 무엇을 하든 후회하지 않는다는 것이지.

둘째 사냥꾼 자네 말을 들으니 늑대의 운명이 고상한 것 같군그래.

첫째 사냥꾼 고상한지 아니면 비천한지 모르겠네. 하지만 자네는 혹시 짐승이나 나무가 인간이 되었다는 이야기를 들어 본 적이 있는가? 그런데 이곳에는 신의 손길이 닿은 남자와 여자가 널려 있어. 누구는 나무가 되었고, 누구는 새가 되었고, 또 누구는 늑대가 되었지. 어떤 불경을 저질렀든, 또는 어떤 죄를 저질렀든, 그런 사람은 더 이상 이런 불그스레한 손을 갖지 못하고, 후회와 희망을 모르고, 한때 인간이었다는 사실을 잊었지. 신들은 다른 것을 느낄까?

둘째 사냥꾼 형벌은 형벌이야. 그리고 형벌을 가하는 자는 최소한 이런 것에서 연민의 마음을 갖고 있어. 불경한 사람에게서 불확실함을 없애 주고, 후회를 운명으로 만들어 주니까 말이야. 혹시 짐승이 과거를 잊고 오로지 먹이와 죽음을 위해 살아간다고 하더라도, 그의 이름은 남고 과거의 것이 그대로 남아 있지. 언덕 위에는 옛날의 칼리스토[58]

---

[58] 숲의 요정 또는 리카온의 딸이었다고 한다. 그녀는 처녀로 살아가기로 결심하고 아르테미스의 추종자가 되었는데 제우스의 사랑을 받아 아들 아르카스를 낳았다. 하지만 임신한 사실이 발각되어 곰으로 변했다고 한다.

가 묻혀 있어. 누가 지금도 그녀의 죄를 기억하는가? 하늘의 주인들은 그녀에게 너무 많은 형벌을 내렸어. 그녀는 아주 아름다웠다고 하는데, 곰이 되어 울부짖고 눈물을 흘리고 밤이 되면 두려움에 집으로 돌아가고 싶어 했지. 그러니까 평온함이 없는 짐승이야. 아들이 태어났고, 그가 창에 찔려 죽었는데도 신들은 움직이지 않았어. 나중에 신들이 후회하여 그를 별자리로 만들었다고 말하는 사람도 있더군. 하지만 시체는 남아 있었고, 그것은 묻혔어.

첫째 사냥꾼 무슨 말을 하려는 거야? 나도 그 이야기를 알아. 그런데 칼리스토가 체념할 줄 모른 것은 신들의 잘못이 아니야. 마치 울적한 마음으로 잔치에 가거나, 장례식에서 술에 취하는 사람과 같지. 만약 내가 늑대라면, 나는 꿈속에서도 늑대가 될 거야.

둘째 사냥꾼 자네는 피의 길을 몰라. 신들은 자네에게 아무것도 덧붙이지 않고 또 빼앗지도 않아. 단지 가벼운 건드림 하나로 자네를 자네가 있는 그 자리에 못 박아 버리지. 그 이전에는 욕망이나 선택이었던 것이 이제는 자네의 운명이 되는 거야. 말하자면 늑대가 된다는 것을 의미하지. 하지만 자네는 집에서 달아난 자로 남게 되고, 옛날의 리카온으로 남아 있게 돼.

첫째 사냥꾼 그러니까 사냥개들에게 물린 리카온이 바로 사냥개들과 함께 사냥하던 사람처럼 고통을 받았다는 말이야?

둘째 사냥꾼 그는 늙고 기진맥진했어. 바로 자네가 인정했듯이 자신을 방어할 수도 없었어. 그가 돌멩이들 위에서 소리 없이 죽어 가는 동안에 나는 생각했지. 이따금 늙은 거지들이 뜰 앞에서 걸음을 멈추면 개들이 그들을 물려고 목줄을 잡아당기는 모습을 말이야. 저 아래 집들에서는 그런 일도 일어나지. 물론 그는 늑대로 살았어. 하지만 죽어 가면서 또 우리를 보면서 자신이 인간이라는 것을 깨달았을 거야. 우리에게 눈으로 그렇게 말했어.

첫째 사냥꾼 여보게 친구, 인간으로서 땅속에서 썩는 것이 그에게 중요하다고 생각하나? 그가 마지막으로 본 것이 사냥하는 인간이었는데도 말이야?

둘째 사냥꾼 죽음 너머에는 평온함이 있어. 우리 공통의 운명이지. 그것은 산 자들에게, 우리 모두의 내부에 있는 늑대에게 중요한 것이야. 우리에게는 그를 죽이는 운명이 주어졌어. 우리는 최소한 관례를 따르고, 모욕적인 것은 신들에게 남겨 두면 좋겠어. 우리는 깨끗한 손으로 집에 돌아갈 거야.

손님

프리기아와 리디아는 언제나 그리스인들이 그 잔인함에 대해 이야기하기 좋아하던 지방이었다. 물론 그들의 집에서는 모든 일이 일어났지만, 그것은 아주 옛날이었다.
추수 시합에서 누가 졌는지 말할 필요는 없다.

리티에르세스[59]와 헤라클레스가 말한다

리티에르세스 여기가 들판이오, 이방인. 그대들이 그대들의 집에서 그러하듯이 우리도 친절하다오. 그대는 여기에서 달아날 수 없소. 그대가 우리와 함께 먹고 마신 것처럼 우리의 땅은 그대의 피를 마실 것이오. 내년에는 마이안드로스 강이 올해보다 더 빽빽하고 가득한 곡식을 보게 될 거요.

헤라클레스 과거에도 당신들은 들판에서 많은 사람들을 죽였소?

리티에르세스 상당히 많이 죽였지. 하지만 그대 같은 힘을 갖고 있거나 혼자만으로 충분한 사람은 아무도 없었소. 게다가 그대의 털은 붉은빛이고, 그대의 눈동자는 꽃과 같으니, 그대는 분명히 이 땅에 활력을 줄 것이오.

헤라클레스 누가 당신들에게 이런 풍습을 가르쳤소?

---

[59] 프리기아의 왕으로 자기 영토를 지나가는 이방인들에게 추수 시합을 강요하여 패하게 만든 다음 죽였다. 그러나 헤라클레스에게 도전했다가 그에게 죽임을 당했다.

리티에르세스 언제나 그렇게 했지요. 만약 그대가 땅에 영양분을 제공하지 않는다면, 어떻게 땅이 그대에게 영양분을 제공하라고 요구할 수 있겠소?

헤라클레스 올해에도 당신의 곡식은 번성한 것 같구려. 수확하는 사람의 어깨까지 닿는군요. 저번에는 누구의 목을 잘랐소?

리티에르세스 이방인은 아무도 오지 않았소. 그래서 우리는 늙은 하인 한 명과 커다란 숫염소 한 마리를 죽였지요. 땅이 겨우 느낄 정도로 빈약한 피였소. 이 이삭을 보시오, 얼마나 빈약한지. 우리가 갈가리 찢는 육신은 먼저 땀을 흘리고, 낟가리들을 운반하고, 힘든 노고를 흘려야 하지요. 그리고 마지막에 그대의 피가 생생하고 순수하게 끓어오를 때에야 그대의 목을 자를 것이오. 그대는 젊고 튼튼하군요.

헤라클레스 당신들의 신들은 뭐라고 말하오?

리티에르세스 들판 위에는 신들이 없소. 단지 언제나 기다리고 오로지 용솟음치는 핏속에서만 결실을 거둬들이는 땅, 〈어머니〉, 〈동굴〉만 있을 뿐이오. 이방인이여, 오늘 저녁 바로 그대 자신이 동굴 속으로 내려가게 될 것이오.

헤라클레스 당신들 프리기아 사람들은 동굴 속으로 내려가지 않소?

리티에르세스 우리는 태어나면서 동굴에서 나오지요. 서둘러 그곳으로 돌아갈 필요는 없어요.

헤라클레스 알겠소. 그러니까 당신들의 신들에게는 피의 배설물이 필요하군요.

리티에르세스 신들이 아니라 땅이오, 이방인. 그대들은 땅 위에서 살지 않소?

헤라클레스 우리의 신들은 땅에 있지 않지만, 땅과 바다와 숲과 구름을 다스리고 있지요. 마치 목동이 양 떼를 지키고, 주인이 자기 하인들에게 명령을 내리는 것처럼 말이오. 그분들은 산 위에 따로 떨어져 있지요. 마치 말하는 사람의 눈 속에 마음이 담겨 있고, 하늘에 구름이 떠 있는 것처럼 말이오. 그분들은 피를 필요로 하지 않아요.

리티에르세스 무슨 말인지 이해할 수 없군요, 이방인 손님. 구름과 절벽과 동굴은 우리에게도 똑같은 이름이지만 따로 떨어져 있지 않아요. 〈어머니〉께서 우리에게 주신 피를 우리는 땀과 배설물과 죽음으로 되돌려 드리지요. 정말로 그대는 멀리에서 왔군요. 그대들의 신들은 정말 아무것도 아니군요.

헤라클레스 그들은 불멸의 존재들이오. 그들은 숲과 땅과 땅의 괴물들을 이겼지요. 당신처럼 땅에 영양분을 공급하기 위해 피를 뿌리던 자들을 모두 동굴 속으로 몰아넣었소.

리티에르세스 오, 그것 봐요. 그대들의 신들도 그 모든 것을 알고 있군요. 그들도 땅을 배불리 먹여야 했지요. 게다가 그대는 배부르지 않은 땅에서 태어났다고 말하기에는 너무 튼튼하오.

헤라클레스 그러니까 자, 리티에르세스, 추수를 시작할까요?

리티에르세스 손님이여, 그대는 이상하군요. 지금까지 아무도 들판 앞에서 그런 말을 하지 않았지요. 그대는 낟가리 위에서 죽는 것이 두렵지 않소? 혹시 메추라기나 다람쥐처럼 밭고랑들 사이로 달아날 수 있다고 생각하오?

헤라클레스 내가 잘 이해했다면, 그것은 죽음이 아니라 〈어머니〉에게로 돌아가는 것이자 친절한 선물 같은 것이지요. 들판에서 땀을 흘리는 이 농부들은 모두 자신들을 위해 피를 흘려 줄 사람을 기도와 노래들로 찬양할 것이오. 그것은 커다란 영광이오.

리티에르세스 고맙소, 손님. 분명히 말하지만 작년에 목이 잘린 하인은 그런 말을 하지 않았어요. 그는 늙고 기진맥진했지만, 그래도 나무껍질 밧줄로 묶어야 했고 낫들 아래에서 오랫동안 발버둥을 쳤답니다. 쓰러지기 전에 이미 피를 다 흘려 버렸을 정도였소.

헤라클레스 이번에는 보다 잘될 겁니다, 리티에르세스. 그런데 말해 보시오. 불쌍한 사람을 죽인 다음에는 어떻게 하지요?

리티에르세스 아직 반쯤 살아 있는 상태로 육신을 찢고 그 조각들을 들판에 뿌려서 〈어머니〉께 닿도록 하지요. 피에 젖은 머리는 그대로 간직하여 이삭과 꽃으로 둘러싼 다음 노래와 환호성 속에서 마이안드로스 강으로 던진답니다. 〈어머니〉는 단지 땅일 뿐만 아니라, 조금 전에 말했듯이, 또한 구름이자 물이기 때문이라오.

헤라클레스 리티에르세스, 당신은 정말 많은 것을 알고 있군요. 아무 이유 없이 켈라이나이 들판의 주인이 된 것은 아니군요. 말해 봐요, 페시누스[60]에서는 많은 사람들을 죽이나요?

리티에르세스   이방인이여, 사방에서 태양 아래 사람들을 죽인다오. 우리의 곡식은 피에 젖은 흙에서만 싹이 트지요. 땅은 살아 있고, 그래서 영영분이 공급되어야 해요.

헤라클레스   하지만 무엇 때문에 당신들이 죽이는 사람은 이방인이어야 하지요? 당신들을 만든 땅과 동굴은 자신과 많이 닮은 즙액을 더 좋아해야 하지 않을까요? 당신도 식사할 때는 당신 들판의 빵과 포도주를 더 좋아하지 않아요?

리티에르세스   이방인 손님, 그대는 정말 내 마음에 드는군요. 그대는 마치 우리의 아들처럼 우리의 것을 가슴 깊이 생각하는구려. 하지만 무엇 때문에 우리가 이런 일을 하는 노고와 힘겨움을 겪는지 잘 생각해 보시오. 바로 살기 위해서가 아니오? 그러니까 우리는 살아서 수확물을 즐기고, 다른 사람들이 죽어야 하는 것이오. 그대는 농부가 아니군요.

헤라클레스   하지만 이렇게 죽이는 것을 끝내고, 이방인들과 고향 사람들이 함께 수확물을 먹을 방법을 찾아보는 것이 더 옳지 않을까요? 이 들판 위의 땅과 구름과 태양의 힘을 혼자서 영원히 풍요롭게 해줄 사람을 마지막으로 죽이는 것은 어떨까요?

리티에르세스   그대는 정말 농부가 아니군요. 그대는 땅이 하

---

60 아나톨리아 지방의 옛 도시 이름.

지나 동지 때 다시 시작하고, 한 해의 순환이 모든 것을 끝낸다는 것도 모르고 있군요.

헤라클레스 하지만 모든 계절의 결실들로 영양분을 공급받은 이 들판 위에는, 그 조상들을 거슬러 올라가면, 단 한 번만으로 지난 계절들의 땅을 완전히 새로 만들기에 충분할 정도로 부자이고, 튼튼하고, 또 풍요로운 피를 지닌 사람이 분명히 있지 않을까요?

리티에르세스 이방인이여, 그대는 나를 웃게 하는군요. 마치 나에 대해 말하는 것 같구려. 켈라이나이에서 오로지 나만이 내 조상들을 거쳐 언제나 이 아래에서 살아왔소. 그대가 알고 있듯이 내가 주인이오.

헤라클레스 사실 나는 당신에 대해 말하고 있소. 추수를 시작합시다, 리티에르세스. 나는 이 피의 작업을 위해 그리스에서 왔소. 추수를 시작합시다. 그리고 오늘 저녁 당신이 동굴 속으로 다시 들어갈 것이오.

리티에르세스 그대는 내 들판에서 나를 죽이고 싶소?

헤라클레스 나는 죽을 때까지 당신과 싸우고 싶소.

리티에르세스 이방인이여, 그대는 최소한 낫을 휘두를 줄 알겠지요?

헤라클레스 안심하시오, 리티에르세스. 밑으로 내려가요.

리티에르세스 물론이오. 그대의 팔은 튼튼하니까.

헤라클레스 밑으로 내려가요.

화톳불

그리스 사람들도 인간 제물을 바쳤다. 모든 농촌 문명이 그랬다. 그리고 모든 문명이 농촌 문명이었다.

두 목동이 말한다

아들 산이 온통 불타고 있어요.

아버지 그렇게 해야 하니까 그렇지. 분명히 오늘 밤에는 키타이론 산이 완전히 다른 모습이구나. 올해 우리는 너무 높은 곳에서 풀을 먹이고 있어. 너는 가축들을 모두 거둬들였니?

아들 우리의 화톳불[61]은 아무도 보지 않아요.

아버지 그것은 중요하지 않아. 우리는 화톳불을 피우기만 하면 돼.

아들 화톳불이 별들보다 더 많아요.

아버지 불을 더 지펴라.

아들 알았어요.

아버지 오, 제우스여, 이 달콤한 꿀과 우유 봉헌물을 받아주십시오. 우리는 가난한 목동들이라 가축을 바칠 수 없습

---

61 풍년을 기리기 위해 다양한 형태로 피우는 불을 가리킨다.

니다. 타오르는 이 불이 악을 멀리 쫓아 버리고, 이 피어오르는 연기처럼 우리를 구름으로 뒤덮어 주십시오…… 얘야, 물을 적시고 뿌려라. 커다란 농장들에서 송아지를 잡는 것으로 충분할 거야. 만약 비가 온다면 사방에 오게 되니까 말이야.

아들 아버지, 저 아래에 있는 것은 불이에요, 아니면 별들이에요?

아버지 저 너머는 바라보지 마라. 너는 바다를 향해 물을 뿌려야 해. 비는 바다에서 올라오니까.

아들 아버지, 비는 멀리 가요? 비가 내리면 정말로 온 사방에 내리게 돼요? 테스피아이[62]에도 내려요? 테바이에도 내려요? 저 위에는 바다가 없잖아요.

아버지 하지만 목초지가 있잖아, 멍청아. 거기에도 웅덩이가 필요해. 그 사람들도 오늘 밤에 화톳불을 피웠어.

아들 하지만 테스피아이 너머는요? 더 먼 곳은요? 사람들이 밤낮으로 걸어가도 언제나 산속에 있는 곳은요? 그 위에는 비가 전혀 내리지 않는다고 사람들이 말했어요.

아버지 어디든지 오늘 밤에는 화톳불을 피운단다.

아들 왜 지금은 비가 오지 않아요? 사람들이 화톳불을 피웠잖아요.

아버지 얘야, 이것은 축제란다. 만약 비가 내리면 불을 꺼트릴 거야. 어떤 것이 더 좋겠니? 내일 비가 올 거야.

---

62 테바이 서쪽 헬리콘 산 근처의 지방 이름.

아들 그러면 아직 타고 있는 화톳불 위로 비가 내린 적은 없어요?

아버지 누가 알겠니? 너는 아직 태어나지도 않았고, 나도 태어나지 않았을 때부터 사람들은 화톳불을 피웠단다. 언젠가 한 번 화톳불 위로 비가 내렸다고 하더구나.

아들 그래요?

아버지 하지만 사람들이 지금보다 더 정의롭게 살았고, 왕의 아들들도 목동이던 때였어. 그때는 이 모든 땅이 깨끗하고 단단히 다져진 탈곡장이었고, 모두 아타마스[63] 왕에게 복종했지. 열심히 일하면서 살았고, 염소 새끼를 주인 몰래 감출 필요가 없었어. 그런데 엄청난 폭염이 왔고, 그 바람에 목초지와 웅덩이가 마르고 사람들이 죽었다고 하더구나. 화톳불도 아무 소용이 없었어. 그러자 아타마스 왕은 조언을 구했지. 하지만 그는 늙었고 얼마 전에 새로 신부를 맞이했는데, 그녀가 명령하는 입장이었고, 왕의 머릿속에 지금은 약하게 보이거나 신뢰감을 잃을 때가 아니라는 생각을 심어 주기 시작했지. 사람들은 기도를 하고 물을 뿌렸을까? 물론이지. 송아지와 황소를 죽였을까? 많

---

63 보이오티아의 왕으로 네펠레와 결혼하여 아들 프릭소스와 딸 헬레를 두었는데, 다시 카드모스의 딸 이노와 결혼했다. 이노는 전실 자식들을 시기하여 볶은 밀을 파종하게 하고 거짓 신탁으로 프릭소스와 헬레를 죽이도록 음모를 꾸몄으나, 마지막 순간 네펠레가 보낸 황금 양털의 숫양이 아이들을 태우고 하늘로 날아갔다. 프릭소스는 콜키스에 도착했지만, 헬레는 도중에 바다에 떨어져 죽었고, 그곳은 헬레스폰토스(〈헬레의 바다〉라는 뜻)로 일컬어지게 되었다.

은 황소를 죽였을까? 당연하지. 그러자 무슨 일이 일어났을까? 아무 일도 없었어. 그래서 자식들을 바치자고 했어. 알겠니? 하지만 새 신부가 낳은 자식들이 아니었어. 그녀에게는 아직 자식이 없었으니까. 당연하지. 첫 번째 아내의 두 아이는 이미 다 컸어. 그 두 젊은이는 하루 종일 들판에서 일했지. 그런데 멍청한 아타마스는 결심했어. 자식들을 불러오라고 사람을 보냈지. 물론 자식들은 깨달았지. 왕의 자식들은 멍청이가 아니니까. 그래서 달아났지. 그런데 자식들이 달아나자 모여들기 시작하던 구름도 함께 사라져 버렸어. 뒤늦게 그런 일을 알게 된 어느 신이 들판 위로 보내 준 구름이었지. 그러자 그 마녀 같은 신부가 말했어. 〈보셨지요? 그런 생각은 옳았어요. 벌써 구름이 모여들었잖아요. 여기에서 누군가의 목을 잘라야 해요.〉 그래서 결국 사람들은 아타마스를 붙잡아 불태우기로 결정했지. 사람들은 화톳불을 준비했고, 불을 붙였어. 그리고 황소처럼 묶어 꽃으로 장식한 아타마스를 끌고 왔어. 그런데 그를 화톳불 속에 던지려고 하는 순간 갑자기 날씨가 변했어. 천둥과 번개가 쳤고, 억수같이 비가 쏟아져 내린 거야. 들판은 다시 되살아났지. 빗물이 화톳불을 껐고, 착한 아타마스는 모두를 용서했고, 아내도 용서했지. 얘야, 여자들을 조심해라. 뱀의 암놈과 수놈을 구별하는 것이 더 쉬울 거야.

아들 그러면 왕의 자식들은 어떻게 되었어요?

아버지 더 이상 아무것도 모른단다. 하지만 그런 두 젊은이는 분명히 잘해 낼 일을 찾았을 거야.

아들 그런데 만약 그 당시 사람들이 정의로웠다면, 왜 두 젊은이를 불태우려고 했어요?

아버지 멍청이, 너는 폭염이 무엇인지 몰라. 나는 본 적이 있어. 네 할아버지도 보셨지. 겨울은 아무것도 아니야. 겨울도 힘들지만 모두 알다시피 수확에 좋지. 폭염은 그렇지 않아. 폭염은 불태워 버리지. 모든 것이 죽고, 굶주림과 목마름에 사람들이 변하게 돼. 먹지 못한 사람을 붙잡아 봐라. 그가 바로 시비꾼이지. 모두들 서로 마음이 맞고, 각자 자기 땅을 갖고 있으며, 착한 일을 하고 착하게 살아가는 데 익숙한 사람들을 생각해 봐라. 그런데 만약 웅덩이가 마르고, 곡식이 타버리고, 굶주리고 목마르게 되면, 모두들 난폭한 짐승이 되어 버린단다.

아들 그럼 나쁜 사람들이었군요.

아버지 우리보다 더 나쁘지는 않았지. 우리의 폭염은 바로 주인들이야. 그리고 우리를 자유롭게 해줄 비가 없어.

아들 나는 이제 저런 불들이 싫어요. 왜 신들에게는 저런 불이 필요해요? 정말로 옛날에는 언제나 거기에다 누군가를 불태웠어요?

아버지 일은 서서히 진행되었단다. 처음에는 절름발이, 게으름뱅이, 멍청이를 불태웠다. 아무 소용이 없는 자들을 태웠지. 들판에서 도둑질하는 사람도 태웠어. 그래도 신들은 거기에 만족했지. 좋든 나쁘든 비가 내렸어.

아들 신들이 거기에서 어떤 즐거움을 느끼는지 나는 이해할 수 없어요. 똑같이 비가 내렸다면 말이에요. 아타마스도 그래요. 신들이 화형대 불을 껐잖아요.

아버지 애야, 신들이 바로 주인들이란다. 주인들과 똑같아. 자신들 중의 누군가를 불태우는 것을 보고 싶겠니? 그들은 서로 돕는단다. 그런데 우리는 아무도 서로 돕지 않아. 비가 오든 날씨가 좋든, 신들에게는 뭐가 중요하겠니? 지금 화톳불을 붙이고, 그러면 비가 오게 해준다고 말하지. 주인들에게는 그게 뭐 중요하겠니? 그들이 들판에 오는 것을 본 적이 있어?

아들 나는 못 봤어요.

아버지 그러니까 말이야. 옛날에는 비가 오게 하는 데 화톳불 하나로 충분했고 수확물을 지키기 위해 그 위에 부랑자 한 사람을 태우는 것으로 충분했어. 하지만 이제는 세상이 다시 정의로워지고 우리가 우리 편이라고 말할 수 있으려면, 얼마나 많은 주인들의 집을 불태우고, 길거리와 광장에서 주인들을 죽여야 할까?

아들 그러면 신들은요?

아버지 신들이 무슨 상관이 있어?

아들 신들과 주인들은 서로 돕는다고 아버지가 말하지 않았어요? 그들이 주인들이잖아요.

아버지 새끼 염소 한 마리를 죽여야 할 거야. 우리가 어떻게 하겠니? 부랑자들이나 도둑질하는 자를 태워 죽여야 할 거야. 화톳불을 지펴야 할 거야.

아들 빨리 아침이 됐으면 좋겠어요. 나는 신들이 무서워요.

아버지 잘 생각했다. 신들은 멀리해야 해. 네 나이에는 그렇게 생각하지 않는 것이 불행한 일이지.

아들 나는 생각하고 싶지 않아요. 신들은 부당해요. 무엇 때문에 산 사람을 불태울 필요가 있어요?

아버지 만약 그렇지 않다면 신들이 아닐 것이다. 네 생각에 일하지 않는 자는 어떻게 시간을 보내겠니? 주인들이 없고 정의롭게 살던 시절에는 신들을 즐겁게 해주기 위해 이따금 누군가를 죽일 필요가 있었어. 그들은 그렇게 만들어졌으니까. 하지만 요즈음에는 더 이상 그럴 필요가 없어. 우리 중에 사악한 사람들이 많아. 우리를 바라보기만 해도 충분히 알 수 있지.

아들 그들도 부랑자들이에요.

아버지 맞아. 부랑자들이지. 네가 옳은 말을 했구나.

아들 절름발이 소년들은 화톳불 위에서 불타면서 뭐라고 말했어요? 비명을 많이 질렀어요?

아버지 비명은 별것 아니다. 비명을 지르는 사람은 중요한 사람이지. 절름발이나 사악한 사람은 절대 좋은 일을 하지 않는단다. 하지만 게으름뱅이들이 살찌는 것을 자식 가진 사람이 보게 된다면 그게 더 나쁘지. 그것은 부당해.

아들 옛날의 화톳불을 생각하면 나는 가만히 있을 수가 없어요. 저 아래를 봐요. 얼마나 많은 불을 피웠는지 보세요.

아버지 화톳불마다 소년을 태우지는 않았단다. 요즈음 새끼 염소를 태우는 것도 그래. 물론이지. 만약 어느 하나가 비를 내리게 한다면, 모두에게 비가 내리니까. 산마다, 마을

마다 한 사람으로 충분했지.

아들 나는 원하지 않아요, 알겠어요? 나는 원하지 않아요. 만약 우리가 우리끼리 서로 그렇게 부당했다면, 주인들이 우리 골수를 빼먹는 것은 당연해요. 신들이 우리의 고통을 바라보는 것이 당연해요. 우리는 모두 나빠요.

아버지 이제 나뭇가지들을 물에 적셔 뿌려라. 너는 아직 세상 물정을 몰라. 그런데 바로 네가 옳고 그른 것에 대해 말할 줄 아는구나. 바다 쪽으로, 고집쟁이야…… 오, 제우스여, 이 봉헌물을 받아 주시고…….

섬

모두가 알고 있듯이, 귀향길에 난파당한 오딧세우스는 옛날의 여신 칼립소 밖에 없는 오기기아[64] 섬에서 9년 동안 머물렀다.

64 요정 칼립소가 오딧세우스를 맞이한 전설상의 섬으로 대개 이오니아 해에 있는 것으로 해석된다.

칼립소와 오딧세우스가 말한다

칼립소 오딧세우스, 많이 다른 것은 전혀 없어요. 당신도 나처럼 어느 섬에 머물고 싶어 하지요. 당신은 많은 것을 보고 겪었어요. 어쩌면 언젠가 내가 겪은 것을 당신에게 말해 주게 될지도 모르죠. 우리 둘은 모두 거대한 운명에 지쳤어요. 무엇 때문에 계속하려고 해요? 이 섬이 당신이 찾던 섬이 아니라는 것이 뭐 그리 중요해요? 여기에서는 절대 아무것도 일어나지 않아요. 약간의 땅과 수평선이 있을 뿐이에요. 여기에서 당신은 영원히 살 수 있어요.

오딧세우스 불멸의 삶이로군요.

칼립소 순간을 받아들이는 자는 불멸이에요. 더 이상 내일을 모르는 자이지요. 하지만 그 말이 당신 마음에 든다면 그렇게 말하세요. 정말로 당신은 이런 상태에까지 이른 건가요?

오딧세우스 나는 죽음을 두려워하지 않는 자가 불멸이라고 믿었어요.

칼립소 살기를 바라지 않는 자이지요. 물론 당신은 거의 그런 상태예요. 당신도 역시 많은 것을 겪었지요. 그런데 무엇 때문에 집으로 돌아가려고 이렇게 안달이에요? 당신은 아직도 불안정해요. 무엇 때문에 혼자 암초들 사이에서 이야기를 하고 있지요?

오딧세우스 내일 만약 내가 떠난다면 당신은 불행할까요?

칼립소 사랑하는 이여, 당신은 너무 많은 것을 알려고 하는군요. 나는 불멸의 존재라고 말해 둡시다. 그런데 만약 당신의 기억과 꿈을 포기하지 않는다면, 만약 그런 불안정함을 버리지 않고 수평선을 받아들이지 않는다면, 당신은 당신이 아는 그 운명에서 벗어나지 못할 거예요.

오딧세우스 언제나 수평선을 받아들이는 것이 문제로군요. 그러면 무엇을 얻지요?

칼립소 머리를 뉘고 침묵하는 것이지요, 오딧세우스. 당신은 왜 우리도 잠을 찾는지 혹시 생각해 보지 않았어요? 세상 사람들이 모르는 옛날 신들은 어디로 가는지 혹시 생각해 보지 않았어요? 마치 돌이 땅속에 파묻히듯이, 영원한 존재인 그들이 왜 시간 속에 파묻힐까요? 그리고 나는 누구일까요? 칼립소는 누구예요?

오딧세우스 나는 당신이 행복한지 물었어요.

칼립소 그것이 아니에요. 오딧세우스. 공기마저, 이제 단지 바다의 파도와 새들의 지저귐 소리만 울리는 이 황량한 섬의 공기마저 너무 공허해요. 이 공허함 속에는 전혀 후회할 것이 없어요. 조심하세요. 하지만 어떤 날에는 사라진 옛날의 긴장감이나 현존의 흔적 같은 침묵, 정적을 당신도 느끼지 않나요?

오딧세우스 그러니까 당신도 암초들에게 이야기하는군요?

칼립소 당신에게 말하지만 그건 정적이에요. 아득히 멀고 거의 죽음과 같은 것이지요. 과거에는 있었지만 앞으로는 더 이상 없을 것이지요. 신들의 옛날 세계에서 내 행위는 바로 운명이었지요. 나는 무서운 이름들을 갖고 있었어요, 오딧세우스. 땅과 바다가 나에게 복종했지요. 그리고 나는 지쳤어요. 세월이 흘렀고, 나는 더 이상 움직이고 싶지 않았어요. 우리 중 누군가는 새로운 신들에게 저항했지요. 나는 내 이름들이 시간 속에 파묻히도록 내버려 두었어요. 모든 것이 바뀌었고, 또 모든 것이 그대로 남았지요. 운명을 두고 새로운 신들과 싸울 필요가 없었어요. 이제 나는 이미 내 수평선을 알았고, 옛날 신들이 왜 우리와 싸우지 않았는지 알게 되었지요.

오딧세우스 그런데 당신은 불멸의 존재가 아니었나요?

칼립소 지금도 그래요, 오딧세우스. 나는 죽기를 바라지 않아요. 그렇다고 살기를 바라는 것도 아니에요. 다만 순간을 받아들이지요. 당신들 필멸의 인간에게도 그와 비슷한 것, 그러니까 노년과 후회가 기다리고 있지요. 무엇 때문에 당신은 이 섬에서 나와 함께 머리를 뉘고 싶지 않은가요?

오딧세우스 당신이 체념했다고 내가 믿게 되면 그렇게 하겠어요. 하지만 모든 것의 주인이던 당신도 나 같은 필멸의 인간을 필요로 하는군요. 당신이 견뎌 내는 것을 도와주도록 말이에요.

칼립소 그건 서로에게 좋은 것이지요, 오딧세우스. 공유되지 않으면 진정한 정적이 아니에요.

오딧세우스 바로 오늘 내가 당신과 함께 있다는 것으로 충분하지 않아요?

칼립소 당신은 지금 나와 함께 있지 않아요, 오딧세우스. 당신은 이 섬의 수평선을 받아들이지 않아요. 그리고 후회에서 벗어나지도 않았어요.

오딧세우스 내가 후회하는 것은 나 자신의 살아 있는 일부예요. 당신의 정적이 당신의 일부인 것처럼 말이지요. 땅과 바다가 당신에게 복종하던 그날 이후 당신에게 무엇이 바뀌었나요? 당신이 혼자이며 피곤하다는 것을 느꼈고, 당신의 이름들을 잊었지요. 당신에게서 아무것도 없어지지 않았어요. 지금의 당신 모습은 당신이 원했던 것이에요.

칼립소 사랑하는 이여, 지금의 내 모습은 거의 아무것도 아니에요. 거의 필멸의 인간과 같고, 거의 당신처럼 그림자에 지나지 않아요. 그것은 언제 시작되었는지 모를 기나긴 잠이고, 당신은 그 잠 속으로 마치 꿈처럼 왔지요. 나는 새벽이, 깨어남이 두려워요. 만약 당신이 가버린다면, 그것이 깨어남이에요.

오딧세우스 당신이 주인인데, 무슨 말을 하는 거예요?

칼립소 나는 깨어남이 두려워요. 당신이 죽음을 두려워하듯이 말이오. 그래요, 예전에 나는 죽어 있었어요. 이제야 알겠어요. 나에 대한 것으로 이 섬에는 바다와 바람의 목소리밖에 남아 있지 않았어요. 오, 그것은 고통이 아니었어요. 나는 잠을 자고 있었지요. 하지만 당신이 도착했을 때 당신은 당신 안에 있는 또 다른 섬을 가져왔어요.

오딧세우스 너무 오래전부터 나는 그 섬을 찾고 있어요. 땅을 발견할 때마다 실망하고 눈을 감는 것이 무엇인지 당신은 몰라요. 나는 받아들일 수 없고 침묵할 수 없어요.

칼립소 하지만 오딧세우스, 당신들 인간들은 말하잖아요. 잃었던 것을 되찾는 것은 언제나 나쁘다고 말이에요. 과거는 다시 돌아오지 않아요. 아무것도 세월의 흐름을 막을 수 없어요. 당신은 넓은 바다와 괴물들과 엘리시온[65]을 보았는데, 아직도 당신의 집을 알아볼 수 있겠어요?

오딧세우스 당신이 말했지요. 나는 내 안에 섬을 갖고 다닌다고 말이에요.

칼립소 오, 그것은 변했고 잃어버린 섬이고, 정적이에요. 암초들 사이에서 울리는 바다의 메아리, 또는 약간의 연기 같은 것이지요. 누구도 당신과 그 섬을 공유할 수 없어요. 당신의 언어는 그들과 다른 의미를 가질 거예요. 당신은 바다에 있을 때보다 더 외로울 거예요.

오딧세우스 최소한 이제 내가 멈춰야 한다는 것을 알겠지요.

칼립소 그럴 필요가 없어요, 오딧세우스. 지금 곧바로 멈추지 않는 자는 더 이상 절대 멈추지 못해요. 당신이 지금 하

---

65 하데스의 죽은 자들 중에서 축복받은 자들이 평온한 삶을 보내는 낙원이다. 키르케를 떠난 오딧세우스는 테이레시아스의 영혼을 만나기 위해 하데스로 내려가 거기에서 수많은 영웅을 만난다(「오딧세이아」 제11권 참조).

는 것을 영원히 하게 될 거예요. 당신은 단 한 번에 운명을 깨뜨려야 해요. 길에서 벗어나고, 시간 속에 파묻히도록 내버려 둬야 해요…….

오딧세우스 나는 불멸의 존재가 아닙니다.

칼립소 내 말을 들으면 그렇게 될 거예요. 다가오는 순간과 가는 순간을 이렇게 받아들이는 것 이외에 무엇이 영원한 삶이란 말이오? 깨어 있음, 즐거움, 죽음은 다른 어떤 목적도 갖고 있지 않아요. 지금까지 당신의 불안정한 방랑은 도대체 무엇이었어요?

오딧세우스 만약 그걸 안다면 벌써 멈추었을 거요. 그런데 당신은 한 가지 잊고 있어요.

칼립소 말해 봐요.

오딧세우스 내가 찾는 것은 바로 내 가슴속에 있다는 것이지요. 당신처럼 말이지요.

호수

트로이젠[66]의 순결한 사냥꾼 히폴리토스[67]는 아프로디테의 악의로 인해 불행한 죽음을 맞이했다. 하지만 다시 소생한 그를 디아나가 몰래 이탈리아(헤스페리아)[68]로 데려갔고, 알바 언덕[69]에서 자신을 숭배하는 임무를 맡기고 비르비우스라고 불렀다.

고대인들에게 서방 세계는 죽은 자들의 나라였다(「오딧세이아」를 생각해 보라).

66 펠로폰네소스 반도 동북부 아르골리스 지방의 도시로 그리스의 영웅 테세우스의 고향이다.

67 테세우스의 아들로 계모 파이드라의 동침 요구를 거절했다가 오히려 모함을 당했고 그 결과 자신이 몰던 말에 의해 죽음을 당했다. 하지만 아스클레피오스의 의술로 다시 살아났고, 그의 순결성을 높이 평가한 디아나가 그를 이탈리아의 아리키아 숲으로 데려가 비르비우스라는 이름으로 살게 했다고 한다.

68 그리스어로 〈서쪽〉을 뜻하는 헤스페라에서 나온 말로 서쪽 나라를 의미하며, 일반적으로 오늘날의 이베리아 반도를 가리키지만, 고대 그리스인들은 이탈리아 반도를 그렇게 부르기도 했다.

69 로마 동남쪽으로 20여 킬로미터 떨어진 곳으로 고대 로마의 토대가 된 알바 롱가가 이곳에 있었고, 디아나의 숲으로 유명한 아리키아도 이곳에 있었다.

비르비우스와 디아나가 말한다

비르비우스 이곳에 왔을 때 내 마음에 들었다는 것을 당신에게 말해야겠군요. 이 호수는 옛날의 바다 같았어요. 나는 모두에게 이미 죽은 몸이지만, 여기서 당신의 삶을 살아가고, 숲과 언덕에서 당신에게 봉사하는 것이 즐거웠어요. 여기서는 동물이나 식물, 마을 사람들이 아무것도 모르고, 오로지 당신밖에 몰라요. 이곳은 지나간 것들의 나라, 죽은 자들의 나라예요.

디아나 히폴리토스······.

비르비우스 히폴리토스는 죽었어요. 당신은 나를 비르비우스라고 불렀어요.

디아나 히폴리토스, 그대들 필멸의 인간은 죽어서도 삶을 잊지 못하는가?

비르비우스 들어 봐요. 모두에게 나는 이미 죽었고, 지금은 당신을 섬기고 있어요. 당신이 나를 하데스에서 데려와 다시 소생시켰을 때, 나는 단지 내 몸을 움직이고 호흡하고 당신을 섬기는 것 이외에는 아무것도 요구하지 않았어요. 당신은 나를 이곳으로, 땅과 하늘이 반짝이고, 모든 것이 맛있고 활력에 넘치며, 모든 것이 새로운 곳으로 데려왔지요. 여기에서는 밤의 어둠까지 내 고향보다 더 깊고 젊어요. 여기에서는 시간이 흐르지 않아요. 기억이 만들어지지 않아요. 그리고 당신 혼자 이곳을 지배하지요.

디아나 히폴리토스, 그대는 완전히 기억에 젖어 있군요. 하지만 나는 이곳이 죽은 자들의 땅이라는 사실을 잠시라도 인정하고 싶어요. 과거를 회상하는 것 이외에 하데스에서 다른 무엇을 하겠어요?

비르비우스 다시 한 번 말하지만, 히폴리토스는 죽었어요. 그리고 하늘을 닮은 이 호수는 히폴리토스에 대해 아무것도 몰라요. 만약 내가 여기 없더라도, 이 땅은 지금과 똑같은 모습으로 남아 있을 거예요. 저 구름 너머로 보이는 상상의 나라 같아요. 언젠가 내가 아직 소년이었을 때 이렇게 생각했지요. 고향의 산들 너머로, 멀리 태양이 지는 곳으로 계속해서 걷고 또 걸어가면, 아침과 사냥과 영원한 놀이의 어린이 나라에 도착할 것이라고 말입니다. 어느 노예가 나에게 말했지요. 〈얘야, 네가 원하는 것을 조심해라. 신들은 언제나 그것을 허용한단다.〉 그게 바로 이것이었어요. 그때 나는 죽음을 원했다는 것을 몰랐어요.

디아나 그것은 또 다른 기억이군요. 그런데 무엇 때문에 불평이에요?

비르비우스 오, 야생의 여인이여, 모르겠어요. 내가 여기에서 눈을 뜬 것이 바로 어제 같아요. 하지만 많은 시간이 흘렀다는 것을 알아요. 이 산들, 이 호수, 이 커다란 나무들은 움직이지도 않고 말도 없어요. 비르비우스가 누구예요? 나는 마치 시간이 흐르지 않는 것처럼 아침마다 잠에서 깨어 다시 놀이를 하는 소년과 다른 존재일까요?

디아나 그대는 히폴리토스, 나를 뒤따르기 위해 죽은 소년이지요. 그리고 지금 그대는 시간을 초월하여 살고 있어요. 그대에겐 기억이 필요 없어요. 나와 함께 하루하루 살아가지요. 산토끼처럼, 사슴처럼, 늑대처럼 말이에요. 영원히 달아나고 뒤쫓는 것이지요. 이곳은 죽은 자들의 땅이 아니라, 살아 있는 영원한 아침의 숲이에요. 그대에겐 기억이 필요 없어요. 왜냐하면 이런 삶을 그대는 언제나 알고 있었으니까요.

비르비우스 물론 이곳은 정말로 내 고향보다 더 생생하게 살아 있어요. 이 모든 것에는 태양처럼 그 내부에서 나오는 듯이 환한 빛이 있고, 아직 세월에 훼손되지 않았다고 말할 수 있는 활력이 있어요. 당신들 신에게는 이 헤스페리아 땅이 도대체 무엇이에요?

디아나 하늘 아래 다른 땅들과 다르지 않은 땅이지요. 우리는 과거나 미래로 살아가지 않아요. 우리에게는 모든 날이 최초의 날과 같아요. 그대에게 거대한 정적처럼 보이는 것은 바로 우리의 하늘이에요.

비르비우스 하지만 나는 당신이 사랑하는 곳에서 살았어요. 나는 디디모스 산에서 사냥을 했고, 트로이젠의 바닷가를 달렸어요. 나처럼 야생적이고 가난한 고장이었지요. 하지만 이처럼 비인간적인 정적 속에서, 이렇게 삶을 초월한 삶 속에서 나는 전혀 숨을 쉴 수가 없어요. 무엇이 그 삶을 외로움으로 만들까요?

디아나 그대는 아직 소년이군요. 인간이 전혀 가본 적이 없는 땅은 언제나 죽은 자들의 땅이 될 거예요. 그대의 바다, 그대의 섬들에서 다른 사람들이 나올 것이고, 그들은 하데스를 넘어간다고 믿을 겁니다. 그런데 더 멀리 떨어진 다른 땅들이 있지요…….

비르비우스 여기처럼 다른 호수들, 다른 아침들이 있겠지요. 호수의 물은 녹색의 자두 열매보다 더 푸르겠지요. 나는 마치 나무 그림자들 사이에 있는 그림자 같아요. 이 햇살에 내 몸을 덥히고, 이 땅에서 영양분을 얻을수록, 나 자신이 마치 물방울과 살랑거림으로 용해되어 호수의 목소리 속으로, 숲의 속삭임 속으로 들어가는 것 같아요. 나무둥치들 뒤에, 돌멩이들 안에, 나 자신의 땅 속에는 무엇인가 아득히 먼 것이 있어요.

디아나 그것은 바로 그대가 소년이었을 때 품은 열망이었지요.

비르비우스 나는 이제 더 이상 소년이 아니에요. 나는 이제 당신을 알고 있으며 하데스에서 나왔어요. 내 고향은 저 위의 구름처럼 멀리 떨어져 있어요. 그래요, 나는 마치 구름처럼 나무와 사물 사이를 지나가지요.

디아나 그대는 행복해요, 히폴리토스. 만약 인간에게 행복이 주어졌다면 바로 그대가 그래요.

비르비우스 과거에 나였던 소년, 그 죽은 소년은 행복하지요. 당신은 나를 구해 주었고, 나는 당신에게 감사해요. 그렇지만 다시 태어난 당신의 하인, 떡갈나무와 당신의 숲을 바라보는 도망자, 그는 행복하지 않아요. 왜냐하면 자신이 존재하는지조차 모르기 때문이지요. 누가 그에게 대답합니까? 누가 그에게 말하지요? 오늘은 그의 어제에 무엇인가를 덧붙여 줄까요?

디아나 그러니까 비르비우스, 그게 전부예요? 그대는 동반자를 원해요?

비르비우스 당신은 내가 원하는 것을 알잖아요.

디아나 필멸의 인간들은 언제나 마지막에는 그런 것을 요구하는군요. 그대들은 도대체 핏속에 무엇을 갖고 있어요?

비르비우스 피가 무엇인지 당신이 나에게 묻는군요?

디아나 뿌려진 핏속에는 신성한 맛이 있지요. 나는 그대가 노루나 늑대를 쓰러뜨리고, 목을 자르고, 그 피로 손을 적시는 것을 많이 보았어요. 그것 때문에 나는 그대를 좋아했지요. 하지만 다른 피, 당신들의 피, 당신들의 혈관을 부풀리고 눈빛을 불타게 하는 피에 대해서는 나는 그다지 잘 알지 못해요. 그대들에게 생명이자 운명이라는 것은 알아요.

비르비우스 언젠가 나는 피를 흘린 적이 있어요. 그리고 바로 오늘 그 피가 불안정하고 혼란스럽다고 느끼는 것은 내가 살아 있다는 증거로군요. 나무들의 활력이나 호수의 빛도 나에게는 충분하지 않아요. 이런 것은 구름과 같아요.

아침저녁으로 영원히 방랑하고, 지평선들을 지키는 구름, 하데스의 형상 같지요. 오직 다른 피만이 내 피를 진정시킬 수 있어요. 그리고 불안정하게 흐르다가 나중에 충족될 필요가 있어요.

디아나 그대 말을 들으니 그대는 목을 자르고 싶은 모양이군요.

비르비우스 틀린 말은 아니에요, 야생의 여인이여. 예전에 히폴리토스였을 때 나는 짐승들의 목을 잘랐어요. 그것으로 충분했지요. 그런데 지금 여기에서는, 이 죽은 자들의 땅에서는 짐승들도 구름처럼 내 손에서 흩어져 버려요. 하지만 나는 뜨겁고 형제 같은 피를 움켜쥘 필요가 있어요. 오, 야생의 여인이여, 나에게 그것을 허용해 주세요.

디아나 잘 생각해 봐요, 비르비우스-히폴리토스. 그대는 행복했어요.

비르비우스 중요하지 않아요, 주인님. 너무나도 많이 나는 호수에 내 모습을 비춰 보았어요. 나는 사는 것을 원하지, 행복한 것을 원하지 않아요.

마녀들

오딧세우스는 위험에 대해 주의를 받고 마법으로 마법에 대항할 준비가 된 채 키르케의 섬에 도착했다.[70] 그렇기 때문에 마법의 지팡이로 건드려도 소용없었다. 하지만 서열에서 제외된 지중해의 옛날 여신인 마녀는 자신의 운명 속으로 오딧세우스라는 인간이 들어오리라는 것을 오래전부터 알고 있었다. 호메로스는 이와 관련하여 필요한 사항에 대해 언급하지 않았다.

70 키르케는 마법으로 오딧세우스의 부하들을 돼지로 만들었지만, 오딧세우스는 헤르메스가 준 몰뤼라는 약초를 키르케의 마법 약에 넣어 마심으로써 마법에 걸리지 않았다(「오딧세이아」 제10권 302행 이하 참조).

키르케와 레우코테아가 말한다

키르케 내 말을 믿어, 레우코. 그 자리에서는 나는 깨닫지 못했어. 때로는 배합 공식을 실수하기도 하지. 건망증이 생기기도 하니까. 어쨌든 나는 지팡이로 그를 건드렸지. 사실 나는 너무나도 오래전부터 그를 기다리고 있었기 때문에 더 이상 생각도 하지 않았어. 그는 벌떡 일어나더니 칼을 뽑아 들었는데, 모든 것을 깨닫고 나니까 내 입가에 미소가 떠오르더군. 만족감과 동시에 실망감이 너무 컸기 때문이야. 심지어 나는 그가 없이 살아갈 수 있지 않을까, 운명을 피해 볼까 생각하기도 했어. 나는 생각했지. 〈결국에는 오딧세우스일 뿐이야. 집으로 돌아가고 싶어 하는 사람이지.〉 나는 벌써 그를 배에 태울 생각을 했어. 사랑하는 레우코. 그는 칼을 휘두르더군. 오직 인간만이 그렇듯이 우스꽝스럽고 용감한 모습이었어. 나는 미소를 지어야 했고, 인간들에게 으레 하는 것처럼 그를 응시했어야 했는데, 깜짝 놀라 뒤로 물러섰지. 내가 마치 소녀 같다는 느낌이었어. 우리가 소녀였을 때 나중에 크면 무엇을 할까 이야기하고 함께 웃던 때처럼 말이야. 모든 것이 무도회처럼 전개되었지. 그는 내 손목을 잡았고 목소리를 높였어. 내 얼굴색이 바뀌었지만, 사실 나는 창백했어, 레우코. 나는 그의 무릎을 껴안고 말하기 시작했지. 〈당신은 누구십니까? 어느 땅에서 태어났어요?······〉 나는 생각했지. 불쌍하게도 그는 자신에게 무슨 일이 일어나는지 모른다고 말이야. 그는 곱슬머리에다 크고 멋진 남자였어, 레우코. 굉장히 멋진 돼지나 늑대가 되었을 텐데.

레우코테아 그런데 한 해 동안 함께 지내면서 당신은 그에게 그런 것을 말했어요?

키르케 오, 아가씨, 인간과는 운명의 일에 대해 말하지 마. 그들은 운명을 강철의 사슬, 숙명의 법령이라 부르면서 모든 것을 말했다고 생각해. 그대도 알다시피 그들은 우리를 숙명의 여인들이라 부르지.

레우코테아 그들은 미소를 지을 줄 몰라요.

키르케 그래. 그들 중 누군가는 운명이 다가오기 전에 웃을 수 있고, 나중에 웃을 수 있지만, 운명이 진행되는 동안에는 진지하게 행동하거나, 아니면 죽어야 하지. 그들은 신들의 일에 대해 농담할 줄 모르고, 우리처럼 자신이 어떤 연기를 하고 있다고 느낄 줄 몰라. 그들의 삶은 너무 짧아서 이미 이루어졌거나 알고 있는 것을 지금 자기가 하고 있다는 사실을 받아들이지 못해. 용감한 오딧세우스 그 사람도 내가 그런 의미에서 한마디 하면, 나를 이해하지 못했고 페넬로페를 생각했어.

레우코테아 정말 지겨워요.

키르케 그래. 하지만 이봐, 이제 나는 그를 이해해. 그는 페넬로페와 함께 있으면 미소를 짓지 않아야 했고, 그녀와 함께라면 모든 것이, 심지어 매일 먹는 식사까지 진지하고 처음 대하는 것과 같았지. 그들은 죽음에 대비할 수 있었어. 그대는 모를 거야, 죽음이 얼마나 그들의 마음을 유혹하는지. 죽음이 그들에게는 분명 운명이자 반복되는 것이고 또 이미 아는 것이지만, 그들은 무엇인가가 바뀐다는 환상을 갖고 있어.

레우코테아 그렇다면 무엇 때문에 돼지가 되려고 하지 않았어요?

키르케 아, 레우코, 그는 신이 되려고도 하지 않았어. 칼립소가, 그 바보 같은 아가씨가 얼마나 그에게 부탁했는지 그대도 알잖아. 그래, 오딧세우스는 돼지도 아니고 신도 아니고 단지 인간일 뿐이야. 지극히 영리하고 운명 앞에서 용감한 인간이지.

레우코테아 말해 봐요, 사랑하는 여신이여. 그와 함께 있는 것이 정말로 좋았어요?

키르케 나는 지금 한 가지에 대해 생각하고 있어, 레우코. 우리 중 어느 여신도 절대 필멸의 인간이 되고 싶어 하지 않았고, 누구도 절대 그걸 열망하지 않았어. 하지만 바로 여기에 새로운 것, 사슬을 끊어 버릴 새로운 것이 있는 것 같아.

레우코테아 당신은 원했어요?

키르케 무슨 말이야, 레우코⋯⋯ 오딧세우스는 내가 왜 미소를 지었는지 이해하지 못했어. 종종 내가 미소를 짓는다는 것조차 이해하지 못했어. 언젠가 나는 무엇 때문에 영리하고 용감한 인간보다 짐승이 우리 불멸의 신들에게 더 가까운지 그에게 설명했다고 믿었지. 단지 먹고, 올라타고, 기억도 없는 짐승이 말이야. 그는 대답하더군. 고향에 개 한 마리가, 혹시 죽었을지도 모르는 개 한 마리가 자신을 기다리고 있다고 말이야. 그리고 그 개의 이름을 말해줬어. 알겠어, 레우코? 그 개가 이름을 갖고 있었어.

레우코테아 인간들은 우리에게도 이름을 붙여요.

키르케 오딧세우스는 내 침대 위에 있으면서 나에게 많은 이름을 주었어. 매번 하나의 이름이었지. 처음에는 돼지나 늑대, 짐승의 외침 같은 것이었어. 하지만 그것이 단지 낱말의 음절들이라는 것을 그 자신이 조금씩 깨달았어. 그는 모든 여신, 우리 자매들의 이름으로, 어머니와 생명 있는 것들의 이름으로 나를 불렀어. 마치 나와의 싸움, 운명과의 싸움 같았지. 그는 나를 부르고, 나를 붙잡고, 나를 필멸의 인간으로 만들고 싶어 했어. 무엇인가를 깨뜨리고 싶어 했지. 지성과 용기를 갖고 있었지만, 절대 미소를 지을 줄 몰랐어. 신들의 미소가 무엇인지, 운명을 알고 있는 우리의 미소가 무엇인지 전혀 몰랐어.

레우코테아 어떤 인간도 우리 여신들을 이해하지 못해요. 짐승도 그래요. 나는 당신의 인간들을 보았어요. 늑대나 돼지로 변해서도 마치 온전한 인간처럼 여전히 울부짖고 있더군요. 가슴 아픈 일이에요. 그들의 지성은 아주 형편없어요. 당신은 그들을 많이 데리고 놀았어요?

키르케 나는 그들을 즐기지, 레우코. 가능한 한 많이 그들과 즐겨. 내 침대에서 남성 신을 맞이한 적이 한 번도 없었고, 인간으로는 오직 오딧세우스뿐이었어. 내가 건드리는 다른 모든 인간은 짐승으로 변하고 광폭해지지. 그리고 그렇게 짐승으로서 나를 찾지. 나는 그들을 받아들여, 레우코. 그들의 광폭함은 신의 사랑보다 더 낫지도 않고 더 나쁘지도 않아. 하지만 그들에게 나는 미소도 짓지 않아야 해. 나는 그들이 나를 올라타는 것을 느끼고, 그런 다음 자기 소굴로 달아나는 것을 느끼지. 내가 눈을 아래로 내리까는 일은 일어나지 않아.

레우코테아 그럼 오딧세우스는······.

키르케 나는 그들이 누구인지 생각하지도 않아······ 그대는 오딧세우스가 누구인지 알고 싶어?

레우코테아 말해 봐요, 키르케.

키르케 어느 날 저녁 그는 아이아이아[71] 섬에 도착했을 때 동료들의 두려움과 배들에 세워 둔 보초들에 대해 나에게 이야기했어. 바닷가에서 겉옷을 깔고 누워 밤새도록 바다의 포효와 울부짖음을 들었다고 말하더군. 그런 다음 날이 새자 그들은 숲 너머로 한 줄기 연기가 피어오르는 것을

---

[71] 키르케가 사는 섬으로 고대인들은 이탈리아 라티움 지방의 키르케오 곶 근처에 있는 것으로 믿었다.

보았는데 고향의 집들이라 생각하고 환호성을 질렀다는 거야. 벽난로 앞에서 내 곁에 앉아 그런 말을 하면서 미소를 짓더군. 인간들이 미소 짓는 방식으로 말이야. 내가 누구인지, 또 자기가 어디에 있는지 잊고 싶다고 말했어. 그리고 그날 저녁 나를 페넬로페라고 불렀어.

레우코테아 오, 키르케, 그렇게 멍청했어요?

키르케 레우코, 나도 멍청했지. 그에게 울라고 말했어.

레우코테아 세상에.

키르케 아니야, 그는 울지 않았어. 그는 알고 있었어. 키르케는 울지 않는 짐승들을 사랑한다는 것을 말이야. 나중에 울었지. 앞으로 남은 기나긴 여행과 오케아노스[72]의 칠흑 같은 어둠과 아베르누스 호수[73] 밑으로 내려가야 하는 것에 대해 말해 주던 날 울었어. 시야를 깨끗이 닦아 주고 힘을 주는 그런 울음을 이제 나 키르케도 이해해. 그날 저녁 그는 모호하게 웃으면서 자기 어린 시절과 운명에 대해 이야기했고, 나에 대해 물었어. 웃으면서 말했지. 알겠어?

레우코테아 모르겠어요.

키르케 입과 목소리로 웃으면서 말이야. 하지만 눈에는 기억이 가득했어. 그러더니 나에게 노래하라고 하더군. 그래서 나는 노래하며 베틀에 앉았고, 내 쉰 목소리를 그의 고향과 어린 시절의 목소리로 만들었고, 부드럽게 만들었지.

---

72 고대 그리스인들에게 세상을 빙 둘러싸고 있는 바다로. 어느 쪽으로든 땅의 가장 먼 경계에 해당했다.

73 이탈리아 캄파니아 지방에 있는 호수로 이곳에 저승으로 내려가는 입구가 있다고 믿었다.

나는 그에게 페넬로페가 되었어. 그는 두 손으로 머리를 움켜잡더군.

레우코테아 마지막에는 누가 웃었어요?

키르케 아무도 웃지 않았어, 레우코. 나도 그날 저녁은 필멸의 인간이었어. 내 이름도 있었지. 페넬로페. 그때 유일하게 단 한 번 나는 미소를 짓지 않고 내 운명을 정면으로 바라보았고, 눈을 아래로 내리깔았어.

레우코테아 그런데 그 사람이 개 한 마리를 사랑했다고요?

키르케 개 한 마리, 어느 여인, 자기 아들, 바다를 달리는 배를 사랑했지. 나날의 무수한 되돌아옴이 그에게는 절대 운명처럼 보이지 않았어. 그는 죽음이 무엇인지 알면서 죽음을 향해 달려갔고, 언어와 사실들로 세상을 풍요롭게 했어.

레우코테아 오, 키르케, 나는 당신과 같은 눈을 갖고 있지 않지만, 여기서는 나도 미소를 짓고 싶군요. 당신은 순진했어요. 만약 늑대와 돼지가 짐승으로서 당신을 올라탔다고 말했으면 그는 졸도했을 거예요. 그 사람도 아마 짐승이 되었을 거예요.

키르케 말했지. 그런데 겨우 입만 삐죽거렸어. 잠시 후에 말하더군. 〈내 동료들만 아니었다면.〉

레우코테아 그러니까 질투했군요.

키르케 질투하지 않았어. 그들 편이었지. 그는 모든 것을 이해했어. 단지 우리 신들의 미소만 이해하지 못했어. 내 침대 위에서 울던 날 두려움 때문에 울었던 것이 아니야. 그 마지막 여행이 운명에 의해 주어졌고, 또 이미 알고 있는 여행이었기 때문이야. 〈그렇다면 무엇 때문에 해야 하지요?〉 허리에 칼을 차고 바다를 향해 걸어가면서 나에게 묻더군. 나는 그에게 검은 양을 가져갔는데, 동료들이 우는 동안 그는 지붕 위에 있던 제비들을 보더니 나에게 말했어. 〈저들도 떠나는군요. 하지만 저들은 자신들이 하고 있는 것을 몰라요. 여신이여, 당신은 알고 있지요.〉

레우코테아 다른 말은 하지 않았어요?

키르케 전혀 없었어.

레우코테아 키르케, 왜 그를 죽이지 않았어요?

키르케 아, 정말로 나는 멍청이야. 이따금 나는 우리가 알고 있다는 것을 잊어버려. 그러면 나는 소녀처럼 즐기지. 마치 이 모든 것이 어른들에게, 올림포스의 신들에게 일어나고, 그렇게 냉혹하지만 불합리하게 갑자기 일어나는 것처럼 말이야. 내가 전혀 예견하지 못하는 것은, 바로 내가 앞으로 할 것과 말할 것을 매번 이미 예견했고 또 알고 있다는 사실이야. 그래서 내가 하고 말하는 것은 언제나 새롭고 놀라운 것이 되지. 마치 놀이처럼. 오딧세우스가 나에게 가르쳐 준 그 장기 놀이, 상아 조각들로 만들어졌고, 완전히 규칙과 규정으로 이루어져 있는데도 너무 멋지고 예측할 수 없는 놀이처럼 말이야. 그는 언제나 말했지. 그 놀이가 바로 삶이라고. 그것이 시간을 이기는 방법이라고 말했어.

레우코테아 그에 대해 너무 많은 것을 기억하고 있군요. 당신은 그를 돼지나 늑대로 만들지 않고 기억으로 만들었군요.

키르케 레우코, 필멸의 인간에게 유일하게 그것만이 불멸이지. 갖고 다니는 기억과 내버려 두는 기억 말이야. 이름들과 낱말들이 바로 그것이야. 기억 앞에서는 그들도 체념한 채 미소를 짓지.

레우코테아 키르케, 당신도 낱말들을 말하는군요.

키르케 나는 내 운명을 알아, 레우코. 두려워하지 마.

황소

모두들 알고 있듯이 테세우스는 크레테에서 돌아오는 길에 돛대에 걸린 애도의 표시인 검은 돛을 잊은 척했고, 그래서 아버지는 그가 죽었다고 생각하여 바다로 몸을 던졌고 그에게 왕국을 남겨 주었다. 그것은 매우 그리스적이다. 모든 신비적 괴물 숭배에 대한 혐오만큼이나 그리스적이다.

렐레고스[74]와 테세우스가 말한다

렐레고스 저 언덕이 고향입니다, 주인님.

테세우스 바다 너머 석양빛 속에 얼핏 보이는 땅들 중에서 옛날 언덕처럼 보이지 않는 땅은 없어.

렐레고스 언젠가 우리도 이데 산[75] 너머로 지는 해를 보면서 축배를 들었지요.

테세우스 돌아가는 것도 멋지고 떠나는 것도 멋지다네, 렐레고스. 한 잔 더 마시자. 과거를 위해 마시자. 떠났다가 다시 되찾는 것은 모두 아름답지.

렐레고스 섬에 있는 동안 당신은 고향에 대해 말하지 않았어요. 놔두고 떠나온 많은 것을 생각하지 않았지요. 당신도 미래를 걱정하지 않고 살았어요. 그리고 고향을 떠났을 때처럼, 뒤도 돌아보지 않고 그 땅을 떠났어요. 그런데 오

---

74 원문에는 Lelego로 되어 있는데, 신화에 나오는 인물인지 아니면 파베세가 창조해 낸 인물인지 알 수 없다. 문맥상 테세우스의 부하나 하인으로 파베세가 창조해 낸 인물일 개연성이 높다.

75 크레테 섬의 가장 높은 산.

늘 저녁 과거를 다시 생각하십니까?

테세우스 우리는 살아 있네, 렐레고스. 그리고 고향 바다 위에서 이 포도주를 앞에 두고 있지. 그런 저녁에는 많은 것을 다시 생각하게 되지. 비록 내일이면 포도주와 바다가 우리에게 평온을 주지 못할지라도 말이네.

렐레고스 무엇을 두려워하세요? 마치 당신의 귀향을 믿지 않는 것처럼 보이는군요. 왜 검은 돛을 내리고 흰 돛을 올리라고 명령을 내리지 않으십니까? 당신 아버지께 약속했잖아요.

테세우스 아직 시간이 있네, 렐레고스. 내일의 시간이지. 우리가 위험한 곳을 항해하고, 자네들 중 누구도 우리가 돌아갈 수 있을지 모르던 때와 똑같은 돛이 내 머리 위에서 펄럭이는 소리를 듣는 것이 좋아.

렐레고스 테세우스, 당신은 우리가 돌아올 것을 알고 있었어요?

테세우스 대충…… 내 도끼는 실수하지 않아.

렐레고스 왜 망설이면서 말하세요?

테세우스 망설이면서 말하는 게 아니야. 나는 내가 모르던 사람들과 거대한 산, 우리가 섬에 있었을 때의 우리 모습을 생각하고 있어. 왕궁에서 보낸 마지막 나날, 온통 광장들로 이루어진 그 저택을 생각하는 중이야. 병사들은 나를 황소 왕이라 불렀지. 기억나? 그 섬에서는 자신이 죽는 것으로 변하지. 나는 그들을 이해하기 시작했어. 그들은 우리에게 말했지. 이데 산의 숲 속에는 신들의 동굴들이 있고, 거기에서 신들이 태어나고 죽는다고 말이야. 알겠어, 렐레고스? 그 섬에서는 짐승처럼 신들을 죽여. 신을 죽이는 자는 신이 돼. 그래서 우리는 이데 산으로 올라가려고 시도했지.

렐레고스 집에서 멀어지면 용기가 생기지요.

테세우스 그리고 또 믿을 수 없는 것들에 대해 이야기했어. 그들의 여자들, 왕궁의 테라스에서 햇살 아래 누워 아침을 보내는 그 금발의 거대한 여인들은 밤에 이데 산의 고원으로 올라가고 나무와 짐승을 껴안지. 때로는 거기 남기도 했어.

렐레고스 그 섬에서는 단지 여자들만 용기가 있어요. 당신도 알잖아요, 테세우스.

테세우스 내가 아는 것이 하나 있어. 나는 베틀에 앉아 있는 여자들을 더 좋아해.

렐레고스 하지만 그 섬에는 베틀이 없어요. 모든 것을 바다 위에서 구입하지요. 여자들이 무엇을 하기를 원하세요?

테세우스 햇살 아래 성숙해 가면서 신들을 생각하지 않는 것. 나무둥치들과 바다에서 신성한 것을 찾지 않는 것. 황소들을 뒤쫓지 않는 것이지. 처음에 나는 아버지들이 잘못을 했다고 생각했지. 여자들처럼 옷을 입고, 황소 위에서 소년들이 재주넘는 것을 구경하기 좋아하는 그 영리한 상인들이 말이야. 하지만 그게 아니야. 그게 전부가 아니야. 그것은 또 다른 피였어. 이데 산에 여신들만 있었던 때가 있었지. 아니, 여신 한 명이었어. 그녀는 바로 태양이었고,

나무였고, 바다였어. 그리고 그 여신 앞에서 신들과 인간들은 납작 엎드렸지. 여자가 남자에게서 달아나 햇살과 짐승에게 가게 되면, 그것은 남자의 잘못이 아니야. 그것은 바로 썩은 피 때문이고, 그것은 카오스야.

렐레고스 오직 당신만이 그런 말을 할 수 있어요. 그 이방인 여자에 대해 말하는 겁니까?

테세우스 그녀에 대한 것이기도 하지.

렐레고스 당신은 주인님이시고, 당신이 하는 일은 우리에게 정당해 보입니다. 하지만 우리가 보기에 그녀는 순종적이고 유순해 보였어요.

테세우스 너무 유순하지, 렐레고스. 풀잎처럼, 바다처럼 유순하지. 만약 그녀를 바라보면, 곧바로 복종하고 거의 느끼지도 못할 정도라는 것을 알게 되지. 마치 이데 산의 고원 같아. 그곳에는 손에 도끼를 들고 올라가지만, 질식할 듯한 정적이 엄습하여 걸음을 멈춰야 하는 순간이 오지. 웅크린 짐승의 헐떡임 같은 것이었어. 태양도 숨어 있는 것처럼 보였어. 공기도 그랬어. 위대한 〈여신〉과는 싸우지 않아야 해. 땅과 땅의 정적과는 싸우지 않아야 해.

렐레고스 당신처럼 나도 그런 것들은 알아요. 하지만 그 이방인 여인은 당신이 미궁에서 나오게 해주었어요. 그녀는 자기 집을 떠났어요. 싱싱한 피와 썩은 피 사이에서는 그런 일이 일어나지 않아. 그 이방인 여인은 당신을 따르기 위해 자기 신들을 버렸어요.

테세우스 하지만 신들은 그녀를 버리지 않았어.

렐레고스 이데 산에서는 신들을 죽인다고 당신이 말했잖아요.

테세우스 그리고 신 살해자는 새로운 신이 되지. 오, 렐레고스, 동굴 안에서 신들과 황소들을 죽일 수 있지만, 핏속에 지닌 신성한 것은 죽일 수 없어. 아리아드네 역시 그 섬의 피였어. 나는 황소와 마찬가지로 그녀에 대해 알고 있었어.

렐레고스 당신은 잔인했어요, 테세우스. 그 불행한 여자는 깨어나면서 뭐라고 말했을까요?

테세우스 오, 나도 알아. 아마 비명을 질렀겠지. 하지만 그것은 중요하지 않아. 고향과 집과 자기 신들을 불렀을 거야. 그녀에게는 땅과 태양이 있어. 그녀에게 우리 이방인은 아무것도 아니야.

렐레고스 그녀는 아름다웠어요, 주인님. 그녀는 땅과 태양에서 태어났어요.

테세우스 하지만 우리는 단지 남자들에 지나지 않아. 분명히 어느 신이, 부드럽고 모호하고 괴로워하는 어느 신, 이미 죽음을 맛보았으며 위대한 〈여신〉이 배 속에 갖고 다니는 그런 신 가운데 하나가 그녀에게 보내져 그녀를 위로할 거야.[76] 아니면 나무나 말[馬], 또는 숫양이 되었을까? 호수나 구름이 되었을까? 모든 것이 가능하지, 바다 위에서는.

렐레고스 나는 모르겠어요. 이따금 당신은 마치 놀이하는 소년처럼 말해요. 당신은 주인님이시고, 우리는 당신의 말

---

[76] 낙소스 섬에서 테세우스에게 버림받은 아리아드네는 때마침 그곳에 온 디오니소스를 만나 그의 아내가 된다.

을 따르지요. 그런데 또 어떤 때는 당신은 늙고 잔인해 보여요. 마치 그 섬이 자신의 무엇인가를 당신에게 남겨 준 것 같아요.

테세우스 그럴 수도 있지. 자신이 죽이는 것으로 변하니까, 렐레고스. 그대는 생각하지 않지만, 우리는 멀리서 오는 중이야.

렐레고스 고향의 포도주도 당신을 따뜻하게 해주지 않아요?

테세우스 우리는 아직 고향에 도착하지 않았어.

가족

아트레우스 가문 사람들을 애도하게 만든 음울한 사건들은 널리 알려져 있다. 여기에서는 일부 계보를 상기하는 것으로 충분하리라. 탄탈로스에게서 펠롭스가 태어났고, 펠롭스에게서 티에스테스와 아트레우스가 태어났다. 아트레우스에게서 메넬라오스와 아가멤논이 태어났고, 아가멤논에게서 오레스테스가 태어났는데 그는 자기 어머니를 죽였다. 전원과 바다의 여신 아르테미스가 이 가문에서 특별한 숭배를 누리고 있다고 필자는 확신하는데(그녀의 아버지가 이피게네이아를 희생[77]으로 바친 일을 생각해 보라), 그것은 어제오늘 일이 아니다.

77 그리스 군이 아울리스 항구에서 트로이아를 향해 출항하지 못하자, 신탁에 따라 아가멤논은 자기 딸 중에서 가장 아름다운 이피게네이아를 아르테미스에게 제물로 바쳤다.

카스토르와 폴리데우케스[78]가 말한다

카스토르 폴리, 우리가 그녀를 테세우스의 손에서 다시 빼앗아 왔을 때를 기억해?

폴리데우케스 그럴 필요가 있었지······.

카스토르 그때는 아직 어린 소녀였어. 지금 기억하는데, 밤에 달리면서 나는 생각했지. 그녀가 숲 속에서 테세우스의 말을 타고 우리에게 쫓기면서 정말 무서웠을 거라고 말이야······ 우리는 순진했어.

폴리데우케스 지금 그녀는 안전해졌어.

카스토르 지금은 프리기아 사람들과 다르다노스 사람들[79]의 힘을 갖고 있지. 그녀와 우리 사이에는 바다가 가로막혀

---

78 레다는 백조의 모습으로 변한 제우스와 동침했고, 같은 날 밤 남편 틴다레오스와도 동침했다. 그 결과 레다는 네쌍둥이를 낳았는데, 폴리데우케스와 헬레네는 제우스의 아이들이고, 카스토르와 클리타임네스트라는 틴다레오스의 아이들로 간주되었다. 카스토르와 폴리데우케스를 가리켜 디오스쿠로이, 즉 〈제우스의 아들들〉이라 부르기도 한다.

79 트로이아 사람들을 가리킨다. 엘렉트라와 제우스의 아들인 다르다노스는 소아시아로 건너갔고, 그의 손자 트로스가 트로이아를 세웠다.

있어.

폴리데우케스 우리는 바다도 건널 거야.

카스토르 나는 충분히 건넜어, 폴리데우케스. 이제는 우리 차례가 아니야. 이제는 아트레우스의 후손들의 일이야.

폴리데우케스 우리는 바다를 건널 거야.

카스토르 잘 생각해 봐, 폴리. 그럴 필요가 없어. 순진한 생각 하지 마. 아트레우스의 후손들에게 맡겨. 미래는 그들과 관련되어 있어.

폴리데우케스 하지만 우리 누이야.

카스토르 그녀가 스파르테에 남아 있지 않으리라는 것을 우리는 알았어야 해. 근본적으로 왕궁에서 살 여자가 아니야.

폴리데우케스 그렇다면 그녀는 다른 무엇을 원하는 거야, 카스토르?

카스토르 아무것도 원하지 않아. 예전에 그랬던 것처럼 아직도 어린 소녀야. 남편이나 가정을 진지하게 받아들이지 못해. 하지만 그녀를 뒤쫓아 갈 필요는 없어. 언젠가 분명히 우리에게 돌아올 거야.

폴리데우케스 피의 복수를 위해 아트레우스의 후손들이 지금 무엇을 할지 누가 알겠어. 그들은 모욕을 참는 사람들이 아니야. 그들의 명예는 신들의 명예와 같아.

카스토르 신들은 내버려 둬. 과거에 자기들끼리 서로 잡아먹었던 가문이야. 자기 아들을 잔칫상에 올린 탄탈로스[80]부터 시작해서……

폴리데우케스 그런데 사람들이 말하는 그 이야기들이 사실

이야?

카스토르 그들에게는 어울리는 이야기지. 미케나이와 스파르테의 바위들 사이에서 살고 황금 가면을 쓰는 사람들이야. 그들은 바다의 주인이고, 단지 좁은 틈 사이로만 바다를 보고 모든 것을 할 수 있는 사람들이야. 폴리데우케스, 너는 혹시 생각해 보지 않았어? 무엇 때문에 그들의 여자들은(우리 누이까지 포함해서 말이야) 얼마 후에 난폭해지고, 초조해지고, 피를 뿌리고 또 피를 뿌리게 하는 것일까? 훌륭한 여자들은 버티지 못해. 아내에 의해 눈을 감게 된 펠롭스의 후손은 단 한 사람이 아니야. 만약 그것이 신들의 명예라면······.

폴리데우케스 우리의 다른 누이 클리타임네스트라는 거기에 저항하고 있어.

카스토르 ······끝까지 기다려 봐야 해. 〈만세〉 하고 말하려면 말이야.

폴리데우케스 만약 네가 그 모든 것을 알고 있었다면, 어떻게 그 결혼에 동의할 수 있었어?

카스토르 나는 동의하지 않았어. 그런 일은 그냥 일어나는 법이야. 각자 자신에게 어울리는 아내를 찾게 되지.

폴리데우케스 무슨 말을 하고 싶은 거야? 그들의 아내들이 그들에게 어울린다는 거야? 우리 누이가 잘못을 저지를

---

80 탄탈로스는 신들을 시험하기 위해 아들 펠롭스를 죽여 그 요리를 접대했고, 그 벌로 하데스에서 영원한 굶주림과 목마름에 시달리는 형벌을 받고 있다. 아들 펠롭스는 신들이 다시 살려 주었다.

것이라고?

카스토르 그만해, 폴리데우케스. 아무도 우리 말을 듣지 않아. 아트레우스의 후손들과 선조들은 언제나 똑같은 여자와 결혼한 것이 분명해. 헬레네가 누구인지 오라비인 우리가 혹시 잘 모르는지도 몰라. 우리를 시험해 보기 위해 테세우스가 필요했던 거야. 그다음에 아트레우스의 후손이 필요했고, 지금은 프리기아의 파리스[81]가 필요해. 나는 묻고 싶어. 그 모든 것이 우연일 수 있을까? 그녀는 언제나 그런 남자들과 부딪혀야 하는가? 분명히 그녀는 바로 그들을 위해 태어났어. 그들이 그녀를 위해 태어난 것처럼 말이야.

폴리데우케스 너 정말 미쳤군.

카스토르 전혀 미치지 않았어. 펠롭스의 후손들이 제정신을 잃었다면(누군가는 목까지 잃었지) 자기들이 거기에 대해 생각하겠지. 그들은 집 밖으로 나오지 않고 높은 곳에서 명령하기를 좋아하는 바다의 왕족이야. 어쩌면 언젠가 그들이 세상을 보았을지도 모르지. 물론 탄탈로스가 첫 번째야. 하지만 나중에는 여자들과 황금 더미와 함께 집 안에서만 살았지. 의심이 많고, 불만족하고, 가치 있는 행동을 하지도 못하고, 초라한 땅 위에서 바다에 의존해 먹고, 잔치를 벌이기 좋아하고, 뚱뚱하게 살찐 모습으로 말이야.

---

81 트로이아의 왕자로 스파르테 왕 메넬라오스의 아내였던 헬레네를 데려옴으로써 트로이아 전쟁의 원인이 되었다. 트로이아는 프리기아 지방에 속했다.

그들이 무엇인가 강한 것, 거의 야생적인 것, 자신과 함께 산 위에 틀어박혀 있을 무엇인가를 찾았다는 것이 놀라워? 그들은 언제나 그것을 찾아냈지.

폴리데우케스 거기에 우리 누이가 무슨 상관이 있는지 나는 이해할 수 없어. 무엇 때문에 네가 그녀는 파리스와 테세우스를 위해 태어났다고 말하는지 이해할 수 없어.

카스토르 그들을 위해서든 아니면 다른 사람들을 위해서든 중요하지 않아, 폴리. 지금 우리는 아트레우스 후손들의 운명에 대해 말하고 있어. 옛날의 히포다메이아나 다른 며느리들이 한 무리의 암말처럼 모두 서로 닮았다고 해도 그들의 잘못이 아니야. 세월이 흐르는 동안 그 집안에서는 똑같은 남자가 언제나 똑같은 여자를 찾았다고 말할 수 있을 거야. 그리고 그런 여자를 찾아냈지. 오이노마오스[82]의 딸 히포다메이아부터 우리 누이들에 이르기까지 모든 여자들이 싸우고 자신을 방어하도록 강요되었어. 펠롭스의 후손들이 그런 것을 좋아한 것이 분명해. 혹시 자신들은 모를 수도 있지만 그런 것을 좋아하지. 그들은 교활하고 피를 부르는 사람들이야. 살찐 폭군들이지. 자신들을 채찍질하는 여자를 필요로 하지.

폴리데우케스 너는 언제나 히포다메이아, 히포다메이아에 대해 말하는군. 히포다메이아가 야생마들을 부추겼다는

---

82 엘레이아 지방에 있던 피사의 왕으로 딸 히포다메이아의 여러 구혼자를 죽게 만들었다. 그러나 펠롭스를 사랑한 히포다메이아의 계략으로 오히려 자신이 죽고 딸은 펠롭스와 결혼했다.

것은 나도 알아. 하지만 우리 누이들은 아무런 상관이 없어. 헬레네의 손은 채찍을 전혀 잡아 본 적 없는 어린 소녀의 손이야. 어떻게 그 여자들과 닮을 수 있어?

카스토르 폴리데우케스, 우리는 여자에 대해 별로 아는 것이 없어. 우리는 그녀와 함께 자랐어. 우리에게는 언제나 공을 갖고 노는 어린 소녀처럼 보이지. 하지만 여자들이 스스로 야생적이고 충족되지 않는다고 느끼기 위해 야생마들을 부추길 필요는 없어. 메넬라오스 같은 사람, 바다의 왕 같은 사람의 환심을 사는 것으로 충분해.

폴리데우케스 그런데 히포다메이아는 무슨 끔찍한 일을 한 거야?

카스토르 남자를 야생마처럼 다루었지. 자기 아버지를 죽이도록 마부[83]를 설득했어. 그리고 펠롭스가 그 마부를 죽이도록 만들었어. 또한 살인자 형제들을 낳았지. 피의 강물이 흐르게 만들었어. 집에서 달아나지는 않았어. 그것은 맞아.

폴리데우케스 하지만 너는 펠롭스가 잘못했다고 말하지 않았어?

카스토르 펠롭스와 그 후손들이 그런 여자들을 좋아했다고 말했지. 그 여자들이 그들을 위해 태어났다고 말했지.

폴리데우케스 헬레네는 사람을 죽이지 않고 또 죽게 만들지

---

83 오이노마오스의 마부 미르틸로스를 가리킨다. 그는 주인의 마차에서 쐐기를 뽑고 대신 밀랍 쐐기를 박아 놓아 펠롭스가 시합에서 이기게 했다. 하지만 나중에 그는 펠롭스에게 죽임을 당했다.

도 않아.

카스토르 그렇다고 확신할 수 있어? 우리가 테세우스에게서 그녀를 다시 데려왔을 때, 세 마리의 말이 숲 속을 달리고 있었을 때를 생각해 봐. 우리가 죽지 않은 것은 마치 어린이들에게 거의 놀이처럼 보였기 때문이야. 그런데 지금 너 스스로에게 물어봐. 아트레우스 후손들이 얼마나 많은 피를 흘릴 것인지.

폴리데우케스 하지만 그녀는 아무도 부추기지 않아······.

카스토르 너는 히포다메이아가 마부를 부추겼다고 생각하니? 그녀는 단지 마부에게 미소를 지었고, 아버지가 오로지 자신만을 위해 그녀를 원한다고 말했을 뿐이야. 그리고 자기는 그게 싫다고 말하지도 않았어······ 사람을 죽이기 위해서는 한 번의 시선만으로도 충분해. 나중에 미르틸로스가 탄탈로스의 아들에게 이용당한 것을 알고 항의하려고 했을 때, 히포다메이아는 남편에게 이렇게 말하는 것으로 충분했어. 〈그는 오이노마오스의 모든 것을 알고 있어요. 조심하세요.〉 펠롭스의 후손들은 그런 말을 좋아하지.

폴리데우케스 그러니까 모든 여자가 사람을 죽인다고?

카스토르 모든 여자가 그런 것은 아니야. 고개를 숙이고, 그러면 삶이 복종하는 여자들도 있어. 하지만 산 위의 성채는 그런 여자들도 풀어 놓지. 펠롭스의 후손들은 죽이고 또 죽임을 당하지. 그들은 채찍질하거나 아니면 채찍질당할 필요가 있어.

폴리데우케스 우리의 누이는 도망친 것으로 만족해.

카스토르 너는 그렇게 생각해? 아트레우스의 아내 아에로페[84]를 기억해 봐…….

폴리데우케스 하지만 아에로페는 바다에서 죽었어.

카스토르 하지만 먼저 보물을 훔치도록 자기 연인을 부추겼지. 바로 산 위의 성채가 미치게 만든 여자야. 호사스러움 속에서 연인과 함께 살찌면서 평온한 삶을 보낼 수 있었던 여자였어. 그렇지만 연인은 티에스테스였고, 남편은 아트레우스였어. 만약 그들이 그녀에게 선택이었다면 말이야. 그들은 그녀가 살아남도록 놔두지 않았어. 그녀마저 풀어 놓았던 것이야. 펠롭스 후손들은 광기에 목말라 있어.

폴리데우케스 그들이 우리 누이를 간통한 여인으로 죽일 거라는 말이야? 그녀도 음탕하다고 말하려는 거야?

카스토르 그럴 수도 있지, 폴리데우케스. 하지만 원한다고 해서 음탕해지는 것은 아니야. 아트레우스의 후손과 결혼한다고 그렇지도 않아. 그들이 자신들의 음탕함을 격렬한 포옹이나 모욕, 피에서 찾는다는 것을 너는 몰라? 그들은 유순하고 소심한 여자에 대해서는 어떻게 해야 할지 모르지. 그들은 절대 아래로 내리깔지 않는 차갑고 살인적인 눈길과 마주칠 필요가 있어. 갈라진 틈처럼 말이야. 히포다메이아의 눈길처럼 말이야.

폴리데우케스 우리의 누이도 그런 시선을 갖고 있어…….

---

84 아트레우스의 아내 아에로페는 시동생 티에스테스와 정을 통했다. 그리고 아트레우스가 어린 황금 양을 죽여서 궤짝에 넣어 보관했는데, 아에로페는 그것을 훔쳐 티에스테스에게 주었다. 그런 배신에 대한 벌로 아트레우스는 그녀를 바다에 던져 죽였다.

카스토르 그들은 잔인한 처녀를 필요로 해. 산 위로 올라갈 수 있는 처녀 말이야. 그들이 결혼하는 여자는 바로 그런 여자야. 그들은 그런 여인이 낳은 아들들을 잔치로 축하했고, 딸들을 죽였어…….

폴리데우케스 이미 지나간 일들이야.

카스토르 앞으로도 그럴 거야, 폴리데우케스.

아르고나우타이

아크로코린토스의 신전에서 신전 창녀[85]들이 의례를 집행했다는 사실은 핀다로스[86]도 언급한 바 있다. 아테나이의 테세우스를 포함하여 젊은 괴물 살해자들이 모두 여자들로 인해 어려움을 겪었다는 사실은, 거기에 대한 평가가 서로 다르다는 사실에서도 추정해 볼 수 있다. 가장 잔혹한 여자들 가운데 하나인 메데이아, 마녀에다 질투심 많고 어린 자식들을 살해한 그녀에 대해서는, 에우리피데스[87]가 멋진 비극에서 오랫동안 열정적으로 우리에게 얘기해 준다.

85 신전의 여사제들은 동시에 창녀이기도 했다.
86 핀다로스(기원전 518?~기원전 438?)는 그리스의 서정 시인으로 주로 축제의 찬미가와 귀족을 위한 시를 남겼다.
87 에우리피데스(기원전 484?~기원전 406?)는 고대 그리스 3대 비극 시인 중 하나로, 특히 여성들의 심리를 극적으로 잘 묘사했는데, 여기에서 말하는 『메데이아』는 기원전 431년의 작품이다.

이아손과 멜리타가 말한다

이아손 휘장을 활짝 걷어라, 멜리타. 휘장을 부풀리는 미풍을 느낄 수 있구나. 이런 아침에는 이아손도 하늘을 보고 싶구나. 말해 봐라, 바다가 어떤 모습인지. 항구의 바다에서 어떤 일이 일어나고 있는지 말해 봐라.

멜리타 오, 이아손 왕이시여, 저 아래는 얼마나 아름다운지요. 부두에는 사람들이 가득해요. 배 한 척이 작은 배들 사이로 멀어지고 있어요. 바다가 너무 투명해서 뒤집힌 배의 모습이 반사돼요. 왕께서 직접 저 깃발들과 화환들을 보신다면…… 사람들이 얼마나 많은지. 심지어 동상들 위에까지 올라가 있어요. 햇살이 내 눈에 비쳐요.

이아손 그들에게 인사를 하러 네 동료들도 왔겠구나. 보이니, 멜리타?

멜리타 모르겠어요. 많은 사람들이 보여요. 뱃사람들이 우리에게 인사를 해요. 밧줄들에 매달린 모습이 아주 조그맣게 보여요.

이아손 그들에게 인사를 해라, 멜리타. 분명히 키프로스의 배일 것이다. 네 고향 섬을 지나갈 거야. 코린토스와 코린토스 신전의 명성과 함께 너에 대해서도 말할 것이다.

멜리타 나에 대해 무슨 말을 해주기를 바라세요, 주인님? 고향 섬에서 누가 나를 기억하겠어요?

이아손 젊은이들에게는 언제나 그들을 기억하는 사람이 있는 법이지. 젊은 사람에 대해서는 기꺼이 다시 생각하니까. 그리고 신들도 젊지 않아? 그렇기 때문에 우리 모두 신들을 기억하고 신들을 질투하지.

멜리타 우리는 신들에게 봉사합니다, 이아손 왕이시여. 저도 역시 여신께 봉사하지요.

이아손 어쨌든 멜리타, 누군가 있을 것이다. 다른 여자가 아니라 바로 너와 함께 눕기 위해 신전으로 올라오는 어떤 손님, 또는 뱃사람이 있을 것이야. 선물의 일부를 오로지 너에게만 주는 누군가 말이다. 나는 늙었어, 멜리타. 그 위로 올라갈 수 없어. 하지만 예전에 이올코스[88]에서는, 네가 아직 태어나지도 않았을 때지만, 너와 함께 있기 위해 산이라도 올라갔을 것이다.

멜리타 당신은 명령을 내리고, 우리는 복종합니다…… 오, 배가 돛을 올려요. 완전히 하얀색이에요. 와서 보세요, 이아손 왕이시여.

이아손 너는 창가에 남아 있어라, 멜리타. 네가 배를 바라보

---

[88] 그리스 중부 테살리아에 있던 도시로 이아손은 바로 이곳의 왕위를 되찾기 위해 황금 양털을 찾으려는 아르고 호 원정대를 조직했다.

는 동안, 나는 너를 바라보겠다. 마치 너희가 함께 바람을 맞는 모습을 보는 것 같구나. 나는 아침 바람에 몸이 떨릴 것이다. 나는 늙었어. 만약 내가 저 아래를 내려다본다면 너무 많은 것을 보려고 할 거야.

멜리타 배가 햇살을 받으며 방향을 바꾸어요. 이제는 얼마나 빨리 달리는지! 마치 비둘기 같아요.

이아손 단지 키프로스까지만 가는 배란다. 지금은 코린토스와 섬들에서 배들이 돛을 올리고 바다를 가로지르고 있어. 예전에 이 바다가 완전히 황량하던 때가 있었지. 우리가 처음으로 그 바다를 범했지. 너는 아직 태어나지도 않았을 때야. 그때가 아득한 옛날 같구나.

멜리타 하지만 왕이시여, 바다를 가로지르려고 아무도 도전하지 않았다는 것을 믿을 수 있어요?

이아손 사물에는 처녀성이 있단다, 멜리타. 위험보다 더 두렵게 만드는 것이지. 산꼭대기들이 주는 공포감을 생각해 보아라. 메아리를 생각해 보아라.

멜리타 나는 절대로 산으로 가지 않을 거예요. 하지만 나는 바다를 두려워하는 사람이 있으리라고 생각하지 않아요.

이아손 실제로 우리는 두려워하지 않았어. 우리는 오늘처럼 맑은 날 아침 이올코스를 떠났지. 우리는 모두 젊었고 신들도 우리 편이었어. 내일을 생각하지 않고 바다를 항해한다는 것은 멋진 일이었어. 그리고 경이로운 일들이 시작되었지. 그곳은 아주 젊은 세계였어, 멜리타. 낮은 맑은 아침 같았고, 밤은 빽빽한 어둠이었어. 모든 일이 일어날 수 있는 곳이었지. 경이로운 일들이 때로는 샘물이었고, 괴물들이었고, 또는 인간이나 절벽이었어. 우리 중 누군가는 거기에서 사라졌고, 또 누군가는 죽었지. 항구에 닿을 때마다 장례식이 있었어. 하루는 기대 속에서 지나갔지. 그리고 비가 내렸고, 안개가 끼었고, 검은 거품이 일었어.

멜리타 그런 것은 사람들이 알고 있어요.

이아손 바다는 위험한 것이 아니었어. 항구에 닿을 때마다 우리는 그 긴 여행이 우리를 성장시켰다는 것을 깨달았지. 우리는 더 강해졌고 모든 것에서 동떨어져 있었어. 우리가 마치 신 같았어, 멜리타. 하지만 바로 그것이 죽음의 모험을 하도록 우리를 이끌었지. 우리는 콜키스 사람들의 평원과 파시스[89] 강에 상륙했어. 아, 그때 나는 젊었고, 운명을 바라보았지.

멜리타 신전 안에서 당신들에 대해 말할 때는 목소리를 낮추어요.

이아손 때로는 웃기도 하지. 나도 알아, 멜리타. 코린토스는 즐거운 도시야. 그리고 이렇게들 말하지. 〈그 늙은이는 언제 자기 신들에 대한 수다를 그만둘까? 다른 사람들처럼 그들도 이미 죽었는데 말이야.〉 나도 알아. 그리고 코린토스는 살아남기를 원하지.

멜리타 이아손 왕이시여, 우리는 마녀에 대해, 누군가가 알았던 그 여자에 대해 말하고 있어요. 오, 어땠는지 말해 줘요.

---

[89] 흑해 동쪽 콜키스 지방에 있는 강.

이아손 모두들 마녀를 알고 있단다, 멜리타. 다만 신전에서 웃음을 가르치는 코린토스는 예외지. 늙었든 죽었든 우리는 모두 마녀를 알고 있었어.

멜리타 하지만 이아손 왕이시여, 당신의 마녀는 어땠어요?

이아손 우리는 바다를 가로질렀고, 괴물들을 물리쳤고, 콜키스 사람들의 평원에 상륙했지. 숲 속에서는 황금 구름이 빛났어. 그렇지만 우리 중 누군가는 마녀의 술책 때문에 죽었고, 또 누군가는 마녀의 열정이나 마법 때문에 죽었어. 우리 중 누군가의 머리는 갈기갈기 찢어지거나 잘려 나가 강물 속에 던져졌다. 그리고 누군가는 지금 늙어서 너에게 말하고 있지. 그는 자기 자식들이 광폭한 어미에 의해 희생되는 것을 보았어.

멜리타 사람들은 그녀가 죽지 않았다고, 마법으로 죽음을 이겼다고 말해요. 주인님.

이아손 그것은 그녀의 운명이고, 나는 부럽지 않아. 그녀는 죽음을 호흡했고, 죽음을 뿌렸어. 아마 자기 고향으로 돌아갔을 거야.

멜리타 하지만 어떻게 자기 자식들에게 손댈 수 있었을까요? 분명히 많이 울었을 거예요…….

이아손 나는 그녀가 우는 모습을 전혀 본 적이 없다. 메데이아[90]는 울지 않았어. 그날 나를 따라오겠다고 말했을 때

---

90 콜키스 왕 아이에테스의 딸로 이아손에게 황금 양털을 얻게 해준 대가로 그와 결혼하고 코린토스로 갔으나 버림받자 이아손과의 사이에 난 자식들을 자기 손으로 죽였다. 나중에 고향 콜키스로 돌아갔으며, 일설에 따르면 죽지 않고 엘리시온으로 가서 아킬레우스와 결혼했다고 한다.

유일하게 미소를 지었지.

멜리타 그렇지만 당신을 따라왔어요, 이아손 왕이시여. 자기 고향과 집을 떠났고 운명을 받아들였어요. 당신도 젊었을 때는 잔인했어요.

이아손 나는 젊었어, 멜리타. 그리고 당시에는 아무도 나에 대해 웃지 않았어. 하지만 지혜는 바로 너희의 것, 신전의 것이라는 것을 나는 아직 몰랐고, 여신에게 불가능한 것들을 요구했지. 그런데 용을 죽이고 황금 구름의 주인이 된 우리에게 무엇이 불가능했겠니? 위대해지기 위해서는, 신이 되기 위해서는 나쁜 일을 하게 되지.

멜리타 그런데 왜 당신들의 희생자는 언제나 여자예요?

이아손 귀여운 멜리타. 너는 신전의 여자야. 그런데 남자들이 최소한 하루라도, 최소한 한 시간이라도 신이 되기 위해, 너희가 마치 여신인 것처럼 너희와 함께 누워 있기 위해 너희의 신전에 올라간다는 것을 모르느냐? 남자들은 언제나 여신과 함께 누워 있다고 생각하지. 그러다가 인간의 육체, 바로 모두 똑같은 너희 불쌍한 여자라는 걸 깨닫지. 그러면 광폭해지고 다른 곳에서 신이 되려고 노력하게 돼.

멜리타 하지만 만족하는 사람도 있어요.

이아손 그래. 때 이르게 늙은 사람이나 너희에게 올라가는 사람이지. 하지만 먼저 모든 것을 시도해 본 다음이야. 다른 날들을 본 사람은 아니야. 너는 바다에 몸을 던져 죽은 아테나이 왕 아이게우스의 아들[91]에 대해 들어 보았니? 그는 페르세포네를 납치하기 위해 하데스로 내려갔지.

멜리타 팔레룸[92] 사람들이 그에 대해 이야기해요. 그 사람도 당신처럼 뱃사람이었어요.

이아손 귀여운 멜리타. 그는 거의 신과 같았단다. 바다 건너에서 자기 여자를 찾았지. 위험한 과업에서 마녀처럼 그를 도와준 여자였어. 그런데 어느 날 아침 섬에서 그녀를 버렸지. 그런 다음 다른 과업들과 다른 하늘 아래에서 이겼고, 달의 여인이며 다루기 힘든 아마존 여인 안티오페[93]를 얻었어. 그다음에 한낮의 빛 파이드라[94]를 얻었는데, 그 여자도 자결했지. 그다음에 레다의 딸 헬레네, 그리고 또 다른 여자들을 얻었어. 심지어 하데스의 아가리 안에서 페르세포네를 납치하려고 시도하기도 했어. 오직 한 여자를 원하지 않았는데, 바로 자기 자식들을 죽이고 코린토스에서 달아난 여자, 네가 알고 있는 마녀였지.

멜리타 하지만 왕이시여, 당신은 그녀를 기억하고 있군요. 당신은 그 왕보다 훌륭해요. 그때 이후로 당신은 더 이상 여자를 울리지 않았어요.

이아손 나는 코린토스에서 신이 되려고 하지 않는 법을 배웠지. 그리고 바로 너 멜리타를 알고 있어.

멜리타 오, 이아손 왕이시여, 제가 무엇인데요?

---

91 테세우스.
92 아테나이 근처의 항구.
93 아마존 여인들 중에서 유일하게 결혼한 것으로 알려진 여인이다.
94 크레타 왕 미노스와 파시파에의 딸로 테세우스와 결혼했는데, 의붓아들 히폴리토스를 사랑했다가 거절당하자 모함하여 죽게 만들었고, 자신도 자결했다.

이아손 이 늙은이가 부르면 신전에서 내려오는 귀여운 바다의 여인이지. 그리고 너도 여신이야.

멜리타 저는 여신에게 봉사해요.

이아손 서쪽에 있는 네 이름을 딴 섬에 여신의 위대한 성소가 있지.[95] 그걸 알고 있어?

멜리타 왕이시여, 장난 삼아 저에게 지어 준 사소한 이름이에요. 이따금 저는 당신들 때문에 눈물을 흘린 불행한 여자들, 마녀들의 아름다운 이름들을 생각해요······.

이아손 메가라, 이올레, 아우게, 히폴리테, 옴팔레, 데이아네이라[96]······ 누가 그녀들을 울렸는지 알고 있니?

멜리타 오, 하지만 그는 신이었어요. 지금은 신들과 함께 살고 있어요.

이아손 그렇게 이야기하지. 불쌍한 헤라클레스. 그도 역시 우리와 함께 있었어. 나는 그가 부럽지 않아.

---

95 지중해의 시칠리아와 튀니지 사이에 있는 작은 섬나라 몰타Malta의 그리스어 및 라틴어 이름이 멜리타Melita이다. 몰타는 기원전 3500년경으로 거슬러 올라가는 거대한 거석(巨石) 신전으로 유명하다.

96 곧이어 말하듯이 모두 헤라클레스가 사랑했던 여인들이다.

포도밭

미궁의 모험 후에 테세우스에게 버림받은 아리아드네를 인도에서 돌아오던 디오니소스가 낙소스 섬에서 데려갔고, 그녀는 나중에 하늘로 올라가 별자리가 되었다.

레우코테아와 아리아드네가 말한다

레우코테아 아직도 계속 더 울 거야, 아리아드네?
아리아드네 오, 당신은 어디에서 왔어요?
레우코테아 너처럼 바다에서 왔지. 그래, 이제 우는 걸 그친 거야?
아리아드네 이제는 나 혼자가 아니에요.
레우코테아 너희 인간 여자들은 누군가가 듣고 있을 때만 운다고 생각했어.
아리아드네 당신은 요정인데 심술궂군요.
레우코테아 그래, 그 사람도 가버렸어? 너는 왜 그가 너를 버렸다고 생각하지 않지?
아리아드네 당신이 누군지 아직 나에게 말하지 않았어요.
레우코테아 네가 하지 않은 것을 했던 여자야. 나는 바다에서 자결하려고 시도했지. 내 이름은 이노였어. 그런데 어느 여신이 나를 구해 주었고, 지금은 섬의 요정이야.
아리아드네 나한테 무엇을 원하세요?

레우코테아 나에게 그렇게 말하는 걸 보니 벌써 알고 있군. 보랏빛 곱슬머리에다 멋진 말을 하는 네 사랑하는 남자가 영원히 떠났다는 것을 너에게 말해 주러 왔지. 그는 너를 버렸어. 사라진 검은 돛은 너에게 남긴 마지막 기억이 될 거야. 이제 뛰고, 고함을 지르고, 발버둥을 쳐. 이제 끝났어.

아리아드네 당신도 버림을 받았군요. 당신은 왜 자결하려고 했어요?

레우코테아 나 때문이 아니었어. 하지만 너에게 그 이야기를 해줄 가치가 없어. 너는 어리석고 고집스러워.

아리아드네 이것 보세요, 바다의 요정님. 당신이 나에게 무엇을 말하려고 하는지 모르겠어요. 당신이 말하는 것은 아무것도 아니거나, 아니면 너무 지나쳐요. 내가 자결하고 싶다면 혼자서도 할 수 있어요.

레우코테아 내 말을 믿어, 바보 아가씨. 네 고통은 아무것도 아니야.

아리아드네 왜 나에게 그런 말을 해요?

레우코테아 그 사람이 무엇 때문에 너를 버렸다고 생각하니?

아리아드네 오, 요정님, 그만해요……

레우코테아 그럼, 울어. 그것이 최소한 더 쉬우니까. 말하지 마, 아무 소용없으니까. 그래야 어리석음과 오만함이 사라지지. 그리고 현재의 상황에 대한 네 고통이 나타나게 돼. 하지만 네 가슴이 터질 때까지, 개처럼 울부짖을 때까지, 불타는 숯덩이처럼 바닷속에서 너 자신을 꺼뜨리고 싶을 때까지, 너는 고통을 안다고 말할 수 없을 거야.

아리아드네 하지만 내 가슴은…… 이미 터져 버렸어요…….

레우코테아 단지 울기만 해. 말하지 마…… 너는 아무것도 몰라. 다른 것이 너를 기다리고 있어.

아리아드네 당신의 지금 이름은 뭐예요, 요정님?

레우코테아 레우코테아. 내 말 잘 들어, 아리아드네. 검은 돛은 영원히 떠났어. 이 이야기는 끝났어.

아리아드네 끝나는 것은 내 인생이에요.

레우코테아 다른 것이 너를 기다리고 있어. 너는 어리석어. 네 고향에서 아무 신도 경배하지 않았어?

아리아드네 그 신이 나에게 배를 돌려줄 수 있어요?

레우코테아 나는 네가 어떤 신을 알았느냐고 물었어.

아리아드네 내 고향에는 뱃사람들에게도 두려움을 주는 산이 있어요. 거기에서 위대한 신들이 태어났지요. 우리는 그들을 경배해요. 나는 벌써 그들 모두에게 탄원했어요. 하지만 아무도 나를 도와주지 않아요. 어떻게 할까요? 말해 주세요.

레우코테아 신들에게서 무엇을 기대하지?

아리아드네 이제 아무것도 기대하지 않아요.

레우코테아 그렇다면 잘 들어. 누군가가 움직였어.

아리아드네 그게 무슨 말이에요?

레우코테아 너에게 분명히 말하지만, 누군가가 움직였어.

아리아드네 당신은 요정이잖아요.

레우코테아 요정이 어느 위대한 신을 예고할 수도 있지.

아리아드네 레우코테아, 도대체 그가 누구예요?

레우코테아 너는 신을 생각하는 거니, 아니면 멋진 청년을 생각하는 거니?

아리아드네 모르겠어요. 무슨 말이에요? 나는 신들 앞에 엎드려요.

레우코테아 그러니까 이제 알아들었군. 그는 새로운 신이야. 모든 신들 중에서 가장 젊지. 그가 너를 보았는데 마음에 들어 해. 사람들은 디오니소스라 부르지.

아리아드네 나는 몰라요.

레우코테아 그는 테바이에서 태어났고 온 세상을 돌아다니지. 즐거움의 신이야. 모두들 그를 뒤따르고 환호하지.

아리아드네 강력해요?

레우코테아 웃으면서 죽이지. 황소들과 호랑이들이 그의 뒤를 따르지. 그의 삶은 축제이고, 너를 좋아해.

아리아드네 그런데 어떻게 나를 보았어요?

레우코테아 누가 알겠니? 혹시 너는 흙냄새가 풍기는 오후 시간에 바닷가 언덕 기슭의 포도밭에 있었던 적이 있어? 무화과나무와 소나무 사이에서 나는 거칠고 집요한 냄새였지? 포도가 익고, 대기에는 포도즙 냄새가 가득했을 때였지? 오, 혹시 너는 석류의 꽃과 과일을 바라본 적이 있어? 그런 곳을 디오니소스가 지배하지. 담쟁이덩굴의 신선함 속에서, 소나무숲 속에서, 탈곡장에서 말이야.

아리아드네 신들이 우리를 보지 못할 정도로 외딴곳은 없는 건가요?

레우코테아 이봐요, 아가씨. 신들이 바로 장소이고, 외로움이고, 흘러가는 시간이야. 디오니소스가 올 것이고, 너는 탈곡장과 포도밭에 지나가는 회오리바람처럼 커다란 바람에 휩쓸리는 것처럼 보일 거야.

아리아드네 언제 올까요?

레우코테아 이봐요, 아가씨, 나는 예고하는 거야. 그렇기 때문에 배가 달아났지.

아리아드네 그런데 누가 당신에게 그걸 말해 줬어요?

레우코테아 나는 테바이 출신이야. 나는 그의 어머니의 자매라고.

아리아드네 내 고향에서는 이데 산에서 신들이 탄생했다고 이야기해요. 어떤 인간도 절대 마지막 숲 너머로 올라가 본 적이 없어요. 우리는 산의 그림자도 두려워해요. 당신이 말하는 것을 내가 어떻게 받아들일 수 있겠어요?

레우코테아 귀여운 아가씨, 너는 과감한 일을 많이 했어. 보랏빛 곱슬머리의 그 사람도 너에게는 신처럼 보이지 않았어?

아리아드네 나는 그 신 같은 사람의 생명을 구해 주었어요. 거기에서 내가 무엇을 얻었어요?

레우코테아 많은 것을 얻었지. 너는 두려움에 떨고 괴로워했어. 죽으려고 생각하기도 했어. 다시 깨어남이 무엇인지 알게 되었지. 이제 너는 혼자이고 신을 기다리고 있어.

아리아드네 그분은 어때요? 많이 잔인해요?

레우코테아 모든 신들이 잔인하지. 그게 무슨 뜻일까? 모든 신성한 것은 잔인해. 저항하는 덧없는 존재를 파괴하지. 보다 강하게 깨어나기 위해 너는 잠에 굴복해야 해. 신은 절대 아무것도 후회하지 않아.

아리아드네 그 테바이 신은…… 당신의 그 신은…… 웃으면서 죽인다고 말했지요?

레우코테아 저항하는 자에게는 그래. 그에게 저항하는 자는 소멸되어 버리지. 하지만 다른 신들보다 더 잔인한 것은 아니야. 미소 짓는 것은 그에게 호흡과 같아.

아리아드네 필멸의 인간과 다르지 않군요.

레우코테아 그것도 깨어남이야, 아가씨. 마치 어느 장소, 어느 강물, 하루의 어느 시간을 사랑하는 것과 같을 거야. 어떤 인간도 그럴 만한 가치가 없어. 신들은 자신들을 형성하는 것들이 지속될 때까지만 지속돼. 염소들이 소나무들과 포도밭 사이에서 뛰노는 한 너는 그를 좋아할 것이고, 그는 너를 좋아할 거야.

아리아드네 나는 다른 염소들처럼 죽을 거예요.

레우코테아 포도밭에는 밤이 되면 별들도 있어. 너를 기다리는 것은 밤의 신이야. 두려워하지 마.

인간들

힘의 신과 폭력의 신인 크라토스와 비아[97]에 대해 헤시오도스는, 그들이 티탄들과의 싸움에서 제우스를 도와준 보상으로 그들의 〈집이 제우스에게서 멀리 떨어져 있지 않다〉고 말한다.[98] 제우스의 일탈과 그 수많은 사건에 대해서는 모두가 알고 있다.

97 그리스어로 〈힘〉을 뜻하는 크라토스와 〈폭력〉을 뜻하는 비아는 티탄들의 자손인 팔라스와 스틱스 사이의 자식들로, 〈열심〉을 뜻하는 젤로스, 〈승리〉를 뜻하는 니케와 남매들이다. 그들은 제우스와 티탄들 사이의 싸움에서 제우스의 편에 섰다.

98 헤시오도스, 『신들의 계보』 386행. 천병희의 번역본(숲, 2009, 62쪽)은 〈이들은 제우스에게서 멀지 않은 곳에 살며〉로 옮겼다. 또한 비아를 〈완력〉으로 옮겼다.

크라토스와 비아가 말한다

크라토스 그는 떠났어. 그리고 지금 인간들 사이에서 돌아다니고 있어. 계곡의 길을 가고, 포도밭 사이나 바닷가에서 멈추기도 해. 그가 〈아버지〉이고 〈주인님〉이라고 아무도 말하지 않을 거야. 이따금 나는 나 자신에게 묻지. 도대체 그는 무엇을 원하고, 무엇을 찾는 것일까? 그의 손에 온 세상을, 산과 들과 구름을 주기 위해 그토록 싸웠는데 말이야. 이 위에 편안하게 앉아 있을 수도 있을 텐데. 천만에. 돌아다니고 있어.

비아 그게 뭐 이상해? 주인은 마음 내키는 대로 하는 법이야.

크라토스 산과 우리에게서 멀리 떨어져 있어. 이해하겠어? 그가 주인이 된 것은 우리 하인들 덕택이야. 세상이 그를 두려워하고, 그에게 기도하는 것에 만족해야지. 저 조그마한 인간들이 그에게 무엇을 하지?

비아 그들도 세상의 일부야.

크라토스 모르겠어. 무엇인가가 이제 더 이상 예전 같지 않

아. 우리 어머니께서 말하셨지. 〈폭풍우처럼 올 것이고, 계절들이 바뀔 것이다.〉 이 〈산〉의 아들은 눈짓으로 명령하고, 더 이상 닉스, 가이아, 늙은 우라노스나 카오스 같은 옛날의 주인들과 같지 않아. 세상이 나뉘었다고 말할 수 있을 거야. 예전에는 모든 일이 일어났고, 모든 것에 종말이 왔고, 모든 것을 함께 살아갔지. 그런데 지금은 하나의 율법이 있고, 하나의 정신이 있어. 그는 불멸의 존재가 되었고, 그와 함께 우리 하인들도 그렇게 되었어. 조그마한 인간들도 우리를 생각해. 자신들이 죽어야 한다는 것을 알고 있고, 그래서 우리를 관조하지. 여기까지는 나도 이해하겠어. 그것 때문에 우리는 티탄들과 싸웠으니까. 하지만 그가, 〈산〉 위에서 우리에게 그런 선물을 약속했던 천상의 그가 이따금 산꼭대기를 떠나 인간들 사이에서 인간이 되고 장난을 하러 가는 것은 내 마음에 들지 않아. 누이야, 너는 어떻게 생각해?

비아 자기가 만든 율법을 자기 마음대로 중단시킬 수 없다면 주인이 아니겠지. 하지만 정말로 중단시키는 거야?

크라토스 나는 이해할 수 없어. 그것은 사실이야. 우리가 산에서 싸웠을 때 그는 마치 벌써 이겼다는 것처럼 미소를 짓고 있었어. 그는 눈짓과 짧은 몇 마디 말로 싸웠어. 화났다고 전혀 말하지도 않았어. 그의 적은 벌써 땅에 엎드렸고, 그는 여전히 미소를 짓고 있었어. 그렇게 티탄과 인간을 납작하게 짓밟았지. 그때는 내 마음에 들었어. 인정사정없었어. 그리고 또 한 번 미소를 지었지. 바로 불을 훔친 것을 벌하려고 인간들에게 여자를, 판도라를 주려고 생각했을 때였어. 그런데 어떻게 지금 포도밭과 도시들을 흡족하게 즐길 수 있지?

비아 혹시 그 여자의 판도라는 단순한 재앙이 아닐지도 몰라. 만약 그의 선물이었다면, 왜 그 여자와 즐기면 안 되는 거지?

크라토스 그런데 너는 인간이 무엇인지 알아? 죽어야 하는 불쌍한 것들이야. 그런 사실도 모른 채 작년에 죽은 나뭇잎이나 벌레들보다 더 불쌍해. 그런데 인간들은 그것을 알고 또 말해. 그리고 끊임없이 우리에게 호소하고, 우리에게서 어떤 혜택이나 호의를 끌어내려고 하고, 우리에게 불을 바치기도 하지. 갈대의 대롱 안에 숨겨 훔쳐 낸 바로 그 불을 말이야. 그리고 여자들, 봉헌물들, 노래와 아름다운 말로 호소하여, 불멸의 우리 중 누군가가 자신들 사이로 내려가 호의 어린 시선으로 바라보거나, 자신들에게서 자식을 얻도록 만들기도 했어. 그 불쌍하고도 뻔뻔스러운 교활함, 그 계산을 이해하겠어? 이제 내가 왜 화를 내는지 알겠어?

비아 어머니도 그런 말을 하셨고, 너도 똑같은 말을 하는군. 하지만 세상이 바뀌었어. 산들의 〈주인님〉이 인간들 사이로 내려가는 것은 어제나 오늘의 일이 아니야. 그가 도망자로 바다의 섬에서 시간 속에 살았고, 그 당시 신들에게 그랬듯이 거기에서 죽고 묻혔다는 사실을 혹시 잊고 있어?

크라토스 그런 것은 알고 있지.

비아 하지만 그렇다고 해서 그의 눈짓이 끝난 것은 아니야. 끝난 것은 오히려 카오스의 주인들, 예전에 율법도 없이 지배하던 자들이야. 전에는 인간과 짐승, 돌멩이까지 신이었어. 모든 것이 이름도 없고 율법도 없이 일어났지. 신의 도피가 필요했던 거야. 그가 아직 어린아이였고 염소의 젖을 빨던 때 인간들 사이로 유배되는 커다란 불경스러움이 필요했고, 그런 다음 산 위에서 숲과 인간의 언어와 민중의 법과 고통과 죽음, 후회 속에서 성장하는 것이 필요했지. 크로노스의 아들을 훌륭한 〈심판자〉, 불멸의 쉬지 않는 〈정신〉으로 만들기 위해서 말이야. 너는 티탄들을 짓밟는 데 그를 도와주었다고 생각하니? 네가 말했지. 그는 마치 벌써 승리한 것처럼 싸웠다고 말이야. 다시 태어난 아이는 인간들 사이에 살면서 주인이 되었어.

크라토스 그럴 수도 있지. 율법은 나름대로 가치가 있었어. 하지만 이제 우리 모두의 왕이 되었는데, 무엇 때문에 집요하게 그곳으로 돌아가는 거야?

비아 이봐, 세상은 비록 더 이상 신성하지 않지만, 바로 그렇기 때문에 〈산〉에서 그곳으로 내려가는 그에게는 언제나 새롭고 언제나 풍요롭다는 것을 이해할 수 있어? 고통의 냄새가 나고, 괴로워하고, 땅을 소유하고 있는 인간의 언어는 귀를 기울이는 그에게 경이로움을 드러내지. 카오스의 주인들 위로 내려온 젊은 신들은 모두 땅에서 인간들 사이로 돌아다니고 있어. 그리고 아직 누군가 산속의 장소나 동굴, 야생의 하늘에 대한 사랑을 간직하고 있다면, 이제는 인간들이 그곳까지 갔으며 그들의 목소리는 그런 정적을 깨뜨리는 것을 좋아하기 때문이야.

크라토스 크로노스의 아들이 단지 산책만 한다면 좋겠어. 율법에 따라 귀를 기울이고 벌을 내리기만 하면 좋겠어. 그런데 도대체 어떻게 스스로 즐기도록 유도하고 또 내버려 두는 거야? 어떻게 그 필멸의 인간들에게서 여자들과 아들들을 훔치는 거야?

비아 네가 만약에 그들에 대해 알았다면 이해할 거야. 그들은 불쌍한 벌레들이야. 하지만 그들 사이에서는 모든 것이 새롭고 예상할 수 없는 발견이야. 짐승도 알고 신도 알지만, 누구도, 심지어 우리도 그들 마음의 바닥을 몰라. 심지어 그중에는 감히 운명에 맞서는 자도 있어. 단지 그들과 함께, 그들을 위해 살아야만 세상의 맛을 느낄 수 있어.

크라토스 오, 여자들, 판도라의 딸들, 그 짐승들의 세상 말이야?

비아 여자들이건 짐승들이건 똑같아. 무슨 말을 하려는 거야? 그들은 필멸의 삶 중에서 가장 풍요로운 결실이야.

크라토스 하지만 제우스는 짐승으로 그녀들에게 다가갈까? 아니면 신으로 다가갈까?

비아 멍청이. 인간으로서 가까이 다가가지. 그게 전부야.

신비

엘레우시스 신비 의식(아테나이 북서쪽의 도시로 데메테르와 관련된 신비 의식으로 유명하다)이 디오니소스와 데메테르(그리고 코레[99]와 플루톤[100])의 모습을 통해 불멸성의 신성한 모델을 입문자들에게 제시한다는 것은 모두에게 듣기 좋은 이야기이다. 그보다 덜 듣기 좋은 것은 데메테르가 이삭, 즉 빵이고, 디오니소스가 포도, 즉 포도주라는 사실을 기억하는 것이다. 〈먹고 마셔라……〉

99 또는 코라. 대지의 여신 데메테르의 딸 페르세포네의 다른 이름이다.
100 〈부자〉라는 뜻으로 저승의 신 하데스의 다른 이름이며, 로마 신화의 디스 파테르Dis Pater(〈부의 아버지〉라는 뜻)와 동일시되었다.

디오니소스와 데메테르가 말한다

디오니소스 이 인간들은 정말로 재미있어요. 우리는 사실을 알고 있는데, 그들은 사실을 만들어요. 그들이 없으면 나날이 어떻게 될까 나 혼자 자문해 보기도 해요. 우리 올림포스의 신들은 어떻게 될까요? 그들은 자신들의 작은 목소리로 우리를 부르고 우리에게 이름을 부여해요.

데메테르 나는 그들보다 먼저 있었고, 그래서 그들은 외롭게 살았다고 말할 수 있지. 땅은 아직 숲이었고 뱀들이었고 거북이들이었어. 우리는 바로 땅이었고 공기였고 물이었어. 무엇을 할 수 있었겠니? 그때부터 우리는 영원히 존재하는 습관을 갖게 되었지.

디오니소스 그것이 인간들에게는 일어나지 않아요.

데메테르 사실이야. 그들이 손대는 것은 모두 시간이 되지. 행위가 되고, 기대와 희망이 돼. 그들의 죽음까지 무엇인가가 돼.

디오니소스 그들은 자기 자신과 사물, 우리에게까지 이름을 붙이는 습관이 있는데, 그것이 삶을 풍요롭게 해줘요. 이 언덕 위에 포도나무를 심을 줄 알았던 것처럼 말이에요. 포도나무를 엘레우시스에 가져왔을 때, 나는 그들이 척박한 돌투성이 경사지를 이렇게 달콤한 고장으로 만들 것이라고 생각하지 못했어요. 곡물이나 정원들도 마찬가지예요. 그들이 노고와 언어를 쏟는 곳에는 어디든지 리듬, 의미, 휴식이 탄생해요.

데메테르 그리고 그들이 우리에 대해 만들어 낼 줄 아는 이야기들은? 이따금 나는 내가 정말로 그들이 말하는 가이아, 레아, 키벨레, 〈위대한 어머니〉인지 나 자신에게 묻곤 해. 이아코스,[101] 그들은 우리 자신에게 우리 모습을 드러내는 이름들을 부여할 줄 알고, 또 우리를 운명의 가혹한 영원성에서 이끌어 내 지금 우리가 있는 장소와 시간 속에서 멋진 모습으로 채색하기도 하지.

디오니소스 우리에게 당신은 언제나 데오[102]예요.

데메테르 그들의 초라함 속에 그런 풍요로움이 있다고 누가 말하겠어? 그들에게 나는 숲이 우거지고 무서운 산이고, 구름이자 동굴이고, 사자와 곡물과 황소와 쌓아 올린 요새들의 주인이고, 요람이자 무덤이고, 코레의 어머니이지. 모든 것이 그들 덕택이야.

디오니소스 나에 대해서도 언제나 말해요.

---

101 특히 엘레우시스 신비 의식과 관련된 디오니소스의 다른 호칭들 가운데 하나이다.
102 데메테르의 다른 이름이다.

데메테르 그런데 이아코스, 우리가 그들을 조금 더 도와주고, 다른 식으로 보상하고, 그들이 즐기는 짧은 나날에서 그들 곁에 있어야 하지 않을까?

디오니소스 당신은 그들에게 곡물을 주었고, 나는 포도나무를 주었어요. 알아서 하게 내버려 둬요. 다른 무엇이 필요하겠어요?

데메테르 어떻게 된 것인지 모르겠지만, 우리의 손에서 나가는 것은 언제나 모호해. 일종의 양날 도끼 같아. 나의 트리프톨레모스[103]는 스키타이 족[104] 주인에게 곡물을 전해 주고 하마터면 살해될 뻔했지. 그리고 내가 듣기로는 너도 그들에게 죄 없는 피를 흘리게 하고 있어.

디오니소스 만약 슬프지 않다면 인간이 아닐 거예요. 어쨌든 그들의 삶은 죽어야 해요. 그들의 모든 풍요로움은 바로 죽음이지요. 죽음이 그들을 열심히 노력하게 만들고, 기억하고 또 예상하게 만드니까요. 그리고 데오, 우리가 영양분을 주는 곡물이나 포도주보다 그들의 피가 더 가치 있다고 생각하지 마세요. 피는 천박하고 더럽고 역겨워요.

데메테르 너는 젊어, 이아코스. 그들이 바로 피에서 우리를 찾아냈다는 것을 너는 모르는구나. 너는 끊임없이 세상을 달려가고, 너에게 죽음은 열광하게 만드는 포도주와 같아. 하지만 너는 인간들이 우리에 대해 이야기하는 것을 모두

---

103 엘레우시스 왕 켈레오스의 아들로 데메테르는 그에게 날개 달린 용이 끄는 수레와 곡물을 주어 사람들에게 나누어 주도록 했다.
104 유라시아 지역에 거주하던 유목 민족.

자신들이 직접 겪었다고 생각하지 않는구나. 자기 딸 코레를 잃고 다시 찾지 못한 어머니들이 얼마나 많은지! 오늘날에도 그들이 우리에게 바칠 수 있는 가장 풍요로운 봉헌물은 피를 흘리는 것이야.

디오니소스 하지만 그게 봉헌물이에요? 당신이 나보다 더 잘 알고 있잖아요. 그들이 한때 희생물을 죽이면서 우리를 죽인다고 생각했다는 것을 말이에요.

데메테르 그런데 너는 그들이 잘못했다고 말할 수 있어? 바로 그것 때문에 그들이 피에서 우리를 찾아냈다고 너에게 말하는 거야. 만약 그들에게 죽음이 종말이자 시작이라면, 우리가 다시 탄생하는 것을 보기 위해 그들은 우리를 죽여야 했어. 그들은 매우 불행해, 이아코스.

디오니소스 그렇게 생각해요? 내가 보기에는 멍청해요. 어쩌면 그렇지 않을지도 모르지만 말이에요. 필멸의 존재이다 보니 그들은 스스로를 죽임으로써 삶에 의미를 부여해요. 그들은 바로 이야기처럼 살아가고 또 죽어야 해요. 이카리오스[105]의 경우를 보세요.

데메테르 그 불쌍한 에리고네…….

디오니소스 그래요. 하지만 이카리오스는 자신이 원했기 때

---

105 아테나이 사람으로 에리고네의 아버지이다. 그는 디오니소스를 맞이하여 섬겼고 사람들에게 포도주 제조법을 알려 주었는데, 그가 준 포도주를 마신 목동들이 술에 취해 독약을 먹었다고 생각하여 그를 죽였고, 시체를 방치했다가 이튿날 정신이 들어 매장해 주었다. 그를 따라왔던 개가 아버지의 행방을 찾던 딸 에리고네에게 시체가 있는 곳을 가르쳐 주었고, 애통해하던 에리고네는 스스로 목을 매어 죽었다.

문에 그렇게 살해당했던 거예요. 아마 자신의 피가 포도주라고 생각했을 거예요. 그는 미친 듯이 포도를 수확하고 으깨고 포도주를 숙성시켰어요. 그때 사람들은 마당에서 포도즙이 거품을 내며 숙성하는 것을 처음으로 보았지요. 그리고 포도주를 생울타리와 벽, 삽에다 뿌렸어요. 에리고네도 포도주에 손을 적셨어요. 그런데 무엇 때문에 그 늙은 멍청이는 들판으로 가서 목동들에게 포도주를 마시게 했을까요? 목동들은 술이 취해 독을 먹은 듯 난폭해졌고, 그를 염소처럼 갈기갈기 찢어 생울타리 위에 던져 두었다가 나중에 그가 또 다른 포도주가 되도록 땅에 묻었지요. 그는 그것을 알고 있었고 그래서 원했던 거예요. 그 포도주를 맛보았던 그의 딸이 깜짝 놀랐을까요? 그녀도 알고 있었어요. 이 이야기를 끝내기 위해 그녀가 햇살 아래 포도송이처럼 스스로 목을 매는 것 이외에 무엇을 할 수 있었겠어요? 전혀 슬픈 것은 없어요. 필멸의 인간들은 피로 이야기를 만들지요.

데메테르 그런데 너는 그것이 우리에게 어울리는 것이라고 생각해? 그들이 없으면 우리가 어떻게 될지 너 자신이 물었지. 너도 알고 있듯이 언젠가 그들은 우리 신들에게 싫증을 느낄 수도 있어. 그러니까 그 천박한 피가 바로 너에게도 중요하다는 것을 알겠지.

디오니소스 하지만 그들에게 무엇을 주고 싶어요? 무엇이든 그들은 언제나 피로 만들 거예요.

데메테르 단 한 가지 방법이 있어. 너도 알잖아.

디오니소스 말해 보세요.

데메테르 그들의 죽음에 의미를 부여하는 거야.

디오니소스 무슨 말이에요?

데메테르 그들에게 행복한 삶을 가르치는 거야.

디오니소스 하지만 그것은 운명을 시험해 보는 것이잖아요, 데오. 그들은 필멸의 인간이에요.

데메테르 내 말을 잘 들어 봐. 언젠가 그들은 혼자서 우리를 생각하는 날이 올 거야. 그들은 죽음을 이겨 낸 사람들에 대해 말할 거야. 벌써 자신들 중 누군가를 하늘에다 올려놓았고, 누군가는 6개월마다 지옥으로 내려가지. 그들 중에서 누군가는 죽음의 신과 싸웠고 그에게서 어떤 인간을 빼앗아 가기도 했어⋯⋯ 내 말을 잘 들어, 이아코스. 그들은 혼자서 해낼 거야. 그렇게 되면 우리는 예전의 우리 자신으로, 그러니까 공기, 물, 땅으로 돌아가게 될 거야.

디오니소스 그렇다고 해서 그들이 더 오래 살게 되지는 않을 거예요.

데메테르 멍청한 아이야, 너는 무슨 생각을 하니? 죽음이 의미를 가질 거야. 그들도 역시 다시 태어나기 위해 죽을 것이고, 그렇다면 더 이상 우리를 필요로 하지 않을 거야.

디오니소스 그럼 어떻게 하고 싶어요, 데오?

데메테르 고통과 죽음 너머에서는 그들이 우리와 동등해질 수 있다고 가르치는 거야. 그렇지만 우리가 말해 줘야 해. 곡물과 포도가 다시 태어나기 위해 하데스로 내려가는 것처럼, 죽음은 그들에게도 새로운 삶이라고 가르치는 것이지. 이 이야기를 그들에게 주는 거야. 이 이야기를 통해 그들을 인도하고, 우리의 운명과 함께 뒤엉키는 운명을 그들에게 가르치는 거야.

디오니소스 어쨌든 마찬가지로 그들은 죽을 거예요.

데메테르 죽겠지만 죽음을 이겨 낼 거야. 피 너머에서 무엇인가를 볼 것이고, 우리 둘을 볼 거야. 더 이상 죽음을 두려워하지 않을 것이고, 더 이상 다른 피를 흘림으로써 죽음을 달랠 필요가 없을 것이야.

디오니소스 그렇게 할 수 있어요, 데오. 할 수 있다고요. 그건 영원한 삶의 이야기일 거예요. 그들이 부러울 지경이군요. 운명을 모를 것이고, 그러면 불멸의 존재가 될 거예요. 하지만 더 이상 피가 흐르지 않을 것이라고 기대하지는 마세요.

데메테르 그들은 단지 영원함만 생각할 거야. 혹시 이 풍요로운 들판을 보살피지 않을 위험은 있지.

디오니소스 그럴 수도 있지요. 하지만 곡물과 포도가 영원한 삶의 의미를 갖게 되면, 인간들이 빵과 포도주에서 무엇을 보게 될지 알아요? 바로 살과 피예요. 지금과 마찬가지로 영원히 말이에요. 그리고 살과 피를 흘릴 거예요. 하지만 이제 더 이상 죽음을 달래기 위해서가 아니라, 그들을 기다리는 영원함에 도달하기 위해서이지요.

데메테르 네가 마치 미래를 보는 것 같구나. 어떻게 그런 말을 할 수 있지?

디오니소스 과거를 보면 충분히 알 수 있어요. 내 말을 믿어요. 그렇지만 당신 말에 동의해요. 그건 언제나 하나의 이야기예요.

홍수

그리스의 홍수도 신들에 대한 존경심을 잃은 인류에게 가해진 형벌이었다. 물론 그런 다음 돌멩이들을 던짐으로써 땅에는 다시 사람들이 살게 되었다.

어느 사티로스와
어느 나무 요정이 말한다

나무 요정 인간들이 이 물에 대해 뭐라고 말할지 궁금해.

사티로스 거기에 대해 무엇을 알겠어? 그냥 마시겠지. 혹시 누군가는 거기에서 풍년을 기대하겠지.

나무 요정 지금 벌써 넘치는 강물들이 나무들의 뿌리를 뽑기 시작했어. 이제는 온 사방의 물 위로 비가 내리고 있어.

사티로스 그들은 산 위의 오두막집과 동굴들에 틀어박혀 있어. 비가 오는 소리를 듣고 있지. 물과 싸우고 있는 계곡의 사람들을 생각하고 환상에 사로잡혀 있어.

나무 요정 이 밤이 지속될 때까지는 환상을 갖겠지. 그렇지만 내일이면 두려운 날이 새면서 단 하나의 바다가 하늘까지 뒤덮고 있고 산꼭대기들이 조그마해진 것을 보면 다시 동굴 속으로 들어가지 못할 거야. 그러고는 바라보겠지. 머릿속으로 온갖 생각을 하면서 서로를 바라보겠지.

사티로스 너는 그들을 야생 짐승과 혼동하고 있어. 어떤 인간도 자기가 죽는다는 것을 이해하지 못하고 죽음을 바라볼 줄 몰라. 그들은 달리고, 생각하고, 말할 필요가 있어. 남아 있는 자들에게 말할 필요가 있어.

나무 요정 하지만 이번에는 아무도 남지 않아. 그러니 어떻게 할까?

사티로스 그들을 여기 데려왔으면 좋겠군. 자기들이 모두 완전히 저주받았다는 것을 알게 되면, 분명히 축제를 벌일 거야. 혹시 우리를 찾으러 올 수도 있겠지.

나무 요정 아니, 우리가 무슨 상관이 있어?

사티로스 상관이 있지. 우리는 그들에게 축제이자 생명이야. 그들은 우리와 함께 마지막까지 생명을 찾을 거야.

나무 요정 나는 우리가 그들에게 어떤 생명을 줄 수 있는지 모르겠어. 우리는 죽을 줄도 모르잖아. 우리가 아는 모든 것은 그저 바라보는 거야. 바라보고 또 아는 것이지. 그런데 너는 그들이 바라보지만 체념할 줄 모른다고 말하는군. 그들이 우리에게 다른 무엇을 요구할 수 있을까?

사티로스 많은 것들이지, 귀여운 아가씨야. 그들에게 우리는 야생 짐승과 같아. 짐승들은 나뭇잎처럼 태어나고 죽지. 그들은 우리가 나뭇가지들 사이로 사라지는 것을 얼핏 보고는 우리에게 어떤 신성한 것이 있다고 믿어. 우리가 달아나 몸을 숨길 때면, 우리가 바로 숲 속에서 지속되는 생명이라고 믿어. 다시 한 번 말하지만, 그들은 우리를 찾을 거야. 그들이 가질 마지막 희망일 거야.

나무 요정 이 물과 함께? 그리고 어떻게 할까?

사티로스 너는 희망이 무엇인지 모르니? 우리도 함께 있는 숲은 물속에 잠길 수 없을 것이라고 믿을 거야. 모든 인간, 그야말로 모든 인간이 사라질 수는 없을 것이라고 말할 거야. 그렇지 않다면 그들이 태어나고 우리를 알게 된 것이 무슨 의미가 있을까? 위대한 자들, 올림포스의 신들이 그들의 죽음을 원한다는 것을 알 거야. 하지만 우리가 자신들처럼 조그마한 짐승이지만, 간단히 말해 생명이자 땅이며 진정으로 중요한 것이라는 사실도 알 거야. 그러면 그들의 계절들은 축제로 환원되고, 우리가 바로 축제야.

나무 요정 편리하군. 그들에게는 희망이 있고, 우리에게는 운명이 있군. 하지만 어리석은 짓이야.

사티로스 꼭 그렇지는 않아. 무엇인가를 구할 거야.

나무 요정 그래, 하지만 누가 위대한 신들을 화나게 했지? 누가 태양마저 얼굴을 가릴 정도로 그 모든 무질서를 만들었지? 내 생각으로는 바로 그들 책임이야. 잘된 일이야.

사티로스 이봐, 귀여운 아가씨, 정말로 그렇게 생각해? 만약 그들이 정말로 생명을 모욕했다면, 올림포스가 홍수로 개입할 필요 없이, 생명이 그들을 처벌하는 것으로 충분하다고 생각하지 않아? 내 말을 믿어. 만약 누군가가 무엇인가를 모욕했다면, 그들 잘못이 아니야.

나무 요정 하지만 그들은 죽을 운명이야. 지금 일어나는 것을 내일 알게 되면 어떨까?

사티로스 개울 소리를 들어 봐요, 귀여운 아가씨. 내일이면 우리도 물속에 잠길 것이야. 너는 흉한 것들을 보게 될 거야. 너는 바라보는 것을 좋아하니까. 우리가 죽을 수 없다는 것이 나쁘지는 않군.

나무 요정 이따금 나는 모르겠어. 나는 가끔 죽는 것이 무엇일까 생각하곤 해. 정말로 우리에게 없는 유일한 것이 바로 그것이야. 우리는 모든 것을 알고 있지만, 그 단순한 것을 몰라. 나는 시험해 보고 싶어. 물론 나중에 다시 깨어난다면 말이야.

사티로스 내 말 들어 봐. 죽는다는 것은 이런 것이야. 네가 죽었다는 것도 더 이상 모르는 것이지. 그리고 이것은 홍수야. 그러니까 모두가 죽고, 그것을 아는 사람이 더 이상 아무도 남지 않아. 그래서 그들은 우리를 찾아올 것이고, 우리에게 자신들을 구원해 달라고 말할 것이고, 우리와 비슷해지기를 원하고, 나무, 돌, 그러니까 순수한 운명인 무감각한 것들과 비슷해지기를 원할 거야. 그것들 안에서 구원될 거야. 물이 물러나면 예전처럼 나무 둥치들과 돌들이 다시 드러나겠지. 그리고 필멸의 인간들은 예전처럼 바로 그것만 요구할 거야.

나무 요정 이상한 사람들이야. 그들은 운명과 미래를 마치 과거인 것처럼 다루고 있어.

사티로스 그게 바로 희망이라는 거야. 운명에게 기억이라는 이름을 부여하는 것이지.

나무 요정 그런데 너는 정말로 그들이 나무와 돌이 될 것이라고 믿어?

사티로스 필멸의 인간들은 이야기를 지어낼 줄 알아. 그들은 오늘 밤과 내일의 공포를 통해 상상하게 되는 대로 미래에 살아갈 거야. 그리하여 야생 짐승이나 바위나 나무가 될 거야. 신들이 될 거야. 신들이 다시 태어나는 것을 보기 위해 감히 신들을 죽이려고 시도할 거야. 죽음을 피하기 위해 자신들에게 과거를 부여할 거야. 오직 바로 그 두 가지, 희망 또는 운명이 있을 뿐이야.

나무 요정 만약 그렇다면 나는 그들을 동정할 수 없어. 그런 식으로 변덕스럽게 원하는 대로 변한다는 것은 분명히 멋질 거야.

사티로스 그래, 멋지지. 하지만 그들이 변덕스럽게 원하는 대로 그렇게 할 줄 안다고 믿지는 마. 그들은 운명에 사로잡히고 짓눌려 있을 때, 맹목적으로 아주 이상한 구원들을 발견하게 돼. 그들은 자신의 변덕을 즐길 시간이 없어. 단지 직접 그 대가를 지불할 줄 알 뿐이야. 그것은 맞아.

나무 요정 최소한 이 홍수가 그들에게 무엇이 놀이이고 축제인지 가르쳐 주었으면 좋겠어. 운명이 우리 불멸의 존재에게 부여하는 변덕스러움을 우리는 알고 있지. 그런데 무엇 때문에 그들은 자신들의 초라함 속에서 영원한 순간처럼 그 변덕스러움을 살아가지 못하는 것일까? 무엇 때문에 바로 자신들의 덧없음이 자신들을 고귀하게 만든다는 것을 이해하지 못할까?

사티로스 모든 것을 가질 수는 없어, 귀여운 아가씨야. 그런 것을 아는 우리는 어떤 것을 편애하지 않아. 그런데 유일하고 예상할 수 없는 순간들을 살아가는 그들은 그 가치를 몰라. 우리의 영원함을 원할 뿐이지. 그것이 세상이야.

나무 요정 내일이면 그들도 무엇인가를 알겠지. 그리고 언젠가 다시 빛을 보게 될 돌멩이나 땅들은 단지 희망이나 고통으로만 살아가지 않을 거야. 새로운 세상은 분명히 가장 덧없는 인간들 속에서 무엇인가 신성한 것을 발견할 거야.

사티로스 신이 원한다면, 그것은 내 마음에도 들 거야, 귀여운 아가씨.

무사 여신들

엄청난 주제. 필자는 아홉 개의 빛 중에서 단 하나의 빛, 또는 셋 중에서 셋, 또는 단순히 셋, 또는 단지 두 명의 무사와 카리스를 얼핏 보고, 거기에서 적지 않은 것을 과감하게 시도했다는 것을 잘 알고 있다. 하지만 다른 많은 것과 마찬가지로 여기에 대해서도 확신하고 있다. 우리가 다루는 세상에서 어머니들은 종종 바로 딸들이거나 그 반대이다. 그것을 증명할 수도 있을 것이다. 하지만 그것이 필요한가? 그보다 차라리 그리스 사람들에 따르면, 상상력과 기억의 축제들은 거의 언제나 산 위에, 아니 언덕 위에 있다가 점차 반도로 내려감에 따라 조금씩 혁신되었다는 사실을 즐기라고 독자에게 권유하고 싶다.

므네모시네와 헤시오도스[106]가 말한다

므네모시네 결론적으로 말해 너는 만족하지 않는군.

헤시오도스 분명히 말하지만, 나는 지나간 것, 이미 끝난 계절들을 생각해 보면, 만족했던 것 같아요. 하지만 실제 생활에서는 달라요. 나는 사물과 일들에 권태로움을 느껴요. 술 취한 사람처럼 말이에요. 그러면 나는 모든 것을 그만두고 이곳 산 위로 올라오지요. 그런데 또다시 생각해 보면 나는 만족했던 것 같아요.

므네모시네 영원히 그럴 거야.

헤시오도스 당신은 모든 것의 이름을 알고 있는데, 내 이런 상태를 가리키는 이름은 무엇인가요?

므네모시네 그것은 내 이름으로, 아니면 너의 이름으로 부를 수도 있지.

---

106 기원전 8세기 중엽에서 기원전 7세기 중엽에 활동한 그리스 시인 헤시오도스는 보이오티아 지방에서 태어나 목동으로 일했는데, 헬리콘 산에서 무사 여신을 만나 시인이 되었다고 한다.

헤시오도스 인간으로서 내 이름은 아무것도 아니에요, 멜레테.[107] 그런데 당신은 어떤 이름으로 불리고 싶으세요? 당신을 부르는 이름은 매번 달라요. 당신은 그 이름이 세월 속에 사라지는 어머니 같아요. 산이 보이는 집들이나 오솔길들에서 당신에 대해 많이 이야기해요. 예전에 당신은 아주 험준한 산에, 트라케 또는 테살리아 지방에 있는, 눈과 검은 나무들과 괴물들이 있는 산에 있었고, 당신을 무사라 불렀다고 말하지요. 또 어떤 사람들은 칼리오페 또는 클리오라 부르기도 해요. 진짜 이름이 뭐예요?

므네모시네 실제로 나는 그 너머에서 왔지. 그리고 내 이름은 많아. 앞으로 또다시 산 아래로 내려가게 되면 또 다른 이름들을 갖게 될 거야…… 가는 곳마다 거기 사는 사람들의 변덕에 따라 아글라이아, 헤게모네,[108] 파엔나[109] 등으로 불리지.

헤시오도스 당신도 권태로움에 쫓겨 세상으로 내려왔나요? 그러니까 당신은 여신이 아닙니까?

므네모시네 권태도 아니고 여신도 아니지. 오늘은 이 헬리콘[110] 산이 마음에 드는군. 아마 네가 자주 찾기 때문인 모양이야. 나는 인간들이 있는 곳에 머무르는 것을 좋아해.

---

107 므네메, 아오이데와 함께 세 명의 가장 오래된 보이오티아 무사 자매 중의 하나이다.
108 그리스 신화에서 식물들의 여신으로 알려져 있는데, 파우사니아스에 따르면 아테나이 사람들이 카리스들 중 한 명에게 부여한 이름이라고 한다.
109 파우사니아스에 따르면 스파르테 사람들의 전통에서 말하는 카리스들 중 하나이다.
110 테바이 근처의 산으로 무사들에게 바쳐진 신성한 산으로 알려져 있다.

하지만 약간 한쪽에 떨어져서 말이야. 나는 아무도 찾지 않고, 이야기를 할 줄 아는 사람과 대화를 나누지.

헤시오도스 오, 멜레테, 나는 이야기를 할 줄 몰라요. 그리고 오로지 당신과 함께 있을 때만 무엇인가를 아는 것 같아요. 당신의 목소리와 당신의 이름들 안에는 내가 기억하는 모든 계절과 과거가 있어요.

므네모시네 테살리아에서 내 이름은 므네메였지.

헤시오도스 당신에 대해 이야기하는 누군가는 당신이 거북이처럼 늙었고, 노쇠하고 단단하다고 말해요. 또 다른 사람들은 당신이 구름이나 또는 꽃봉오리처럼 어린 요정이라고 하지요…….

므네모시네 너는 뭐라고 부르지?

헤시오도스 모르겠어요. 당신은 칼리오페이고, 또 므네메예요. 불멸의 목소리와 시선을 갖고 있고요. 당신은 젊은지 아니면 늙었는지 물어볼 수 없는 언덕이나 강과 같아요. 그들에게는 시간이 없기 때문이지요. 그냥 존재하는 것들이에요. 다른 것은 알 수 없어요.

므네모시네 하지만 너도 역시 존재하지. 그런데 너에게 존재는 바로 권태와 불만족을 뜻해. 너는 우리 불멸의 신들이 어떻게 살아간다고 상상하지?

헤시오도스 나는 상상하지 않아요, 멜레테. 존경할 뿐이지요. 내가 할 수 있는 한 순수한 마음으로 말입니다.

므네모시네 계속해. 내 마음에 들어.

헤시오도스 나는 모두 말했어요.

므네모시네 나는 너희 인간들을 알아. 너희는 솔직하지 않게 말을 하지.

헤시오도스 우리는 신들 앞에서 엎드리는 것 이외에 다른 것을 할 수 없어요.

므네모시네 신들은 내버려 둬. 나는 신들이 없었을 때부터 존재했어. 너는 나와 함께 이야기할 수 있어. 사람들은 나에게 모든 것을 이야기해. 만약 원한다면 나를 공경해도 좋아. 하지만 너는 내가 어떻게 살아간다고 상상하는지 말해 봐.

헤시오도스 내가 어떻게 알겠어요? 어떤 여신도 나에게 자기 침대를 허용하지 않았어요.

므네모시네 멍청이. 세상에는 계절들이 있어. 그리고 그런 시절은 끝났어.

헤시오도스 나는 오로지 내가 일했던 들판만 알고 있어요.

므네모시네 목동이여, 너는 오만하구나. 너는 인간의 오만함을 갖고 있어. 하지만 다른 것들을 아는 것이 네 운명이 될 거야. 말해 봐. 무엇 때문에 너는 나에게 말할 때 행복하다고 생각하지?

헤시오도스 거기에 대해서는 대답할 수 있어요. 당신이 말하는 것들은 매일 일어나는 일들의 권태로움을 갖고 있지 않아요. 당신은 사물에 이름을 부여하고, 그 이름 덕택에 사물은 특별하고 다르게 보이면서, 동시에 오래전부터 침묵하고 있던 목소리처럼 친숙하고 사랑스럽게 보여요. 아니면 마치 갑자기 자기 모습이 수면에 비치는 것을 보고 〈이 사람은 누구야?〉 하고 말하는 것과 같아요.

므네모시네 그래, 혹시 너는 어느 나무, 돌멩이, 몸짓을 보고 그와 똑같은 감정을 느낀 적이 있어?

헤시오도스 그런 적이 있어요.

므네모시네 그럼, 그 이유를 찾았어?

헤시오도스 그것은 단지 한순간이에요, 멜레테. 내가 어떻게 그걸 붙잡을 수 있겠어요?

므네모시네 무엇 때문에 과거의 수많은 순간과 비슷한 한순간이 갑자기 너를 행복하게, 신처럼 행복하게 만드는지 생각해 보지 않았어? 너는 올리브나무를 바라보았어. 네가 몇 년 동안 매일 지나간 오솔길에 있는 올리브나무야. 그런데 어느 날 권태로움이 없어지고, 너는 그 늙은 나무둥치를 눈길로 쓰다듬지. 마치 다시 만난 친구 같고, 또 바로 네가 마음속으로 고대하던 한 마디 말을 너에게 해주는 것처럼 말이야. 어떤 때는 누군가 지나가는 사람의 시선이 그렇지. 또 어떤 때는 며칠 전부터 집요하게 내리는 비가 그렇지. 아니면 어느 새의 시끄러운 지저귐, 또는 전에 이미 보았다고 말할 수 있는 어느 구름이 그래. 한순간 시간이 멈추고, 마치 이전과 이후가 더 이상 존재하지 않는 것처럼 평범한 것을 네 가슴속에서 강하게 느끼지. 그 이유를 생각해 보지 않았어?

헤시오도스 바로 당신이 말하고 있잖아요. 그 순간이 사물을 하나의 기억, 하나의 본보기로 만들었어요.

므네모시네 너는 온통 그런 순간들로 만들어진 존재를 상상할 수 없어?

헤시오도스 아니, 상상할 수 있어요.

므네모시네 그렇다면 내가 어떻게 사는지 너는 알고 있군.

헤시오도스 당신 말을 믿어요, 멜레테. 당신은 모든 것을 눈 속에 담고 다니기 때문이지요. 많은 사람들이 당신에게 부여하는 에우테르페라는 이름이 나에게는 더 이상 놀랍지 않아요.[111] 하지만 인간의 순간들은 삶이 아니에요. 만약 내가 그 순간들을 반복하려고 한다면, 그 순간들이 지닌 싱그러움은 상실될 거예요. 언제나 권태로움이 돌아오지요.

므네모시네 하지만 너는 그 순간이 하나의 기억이라고 말했어. 기억이란 반복된 감정이 아니라면 다른 무엇이겠어? 내 말을 잘 생각해 봐.

헤시오도스 무슨 뜻이에요?

므네모시네 너는 불멸의 삶이 무엇인지 알고 있다는 뜻이지.

헤시오도스 당신과 이야기할 때면 당신에게 저항하기 힘들어요. 당신은 사물을 처음부터 보았어요. 당신은 바로 올리브나무이고, 시선이고, 구름이에요. 당신이 어느 이름을 말하면, 그 사물은 영원히 존재해요.

므네모시네 헤시오도스, 나는 매일 너를 여기에서 만나지. 너를 만나기 전에 트라케와 피에리아[112] 지방의 그 황량한 강과 산에서 다른 사람들을 만났어. 그런데 그들보다 네가

---

111 강대진이 아폴로도로스의 『신화집』 번역본(민음사, 2005)에서 설명한 바에 따르면, 그리스어로 에우테르페는 〈잘 즐기는〉이라는 뜻이다.
112 그리스 마케도니아의 지방.

더 내 마음에 들어. 너는 너희가 불멸의 삶을 바로 곁에 갖고 있다는 것을 알아.

헤시오도스 그걸 아는 것은 어렵지 않아요. 그것을 직접 만져 보는 것이 어렵지요.

므네모시네 바로 그것을 위해 살아야 할 필요가 있어, 헤시오도스. 그것은 순수한 마음이라는 뜻이지.

헤시오도스 당신 말을 들으니 분명히 그래요. 하지만 인간의 삶은 저 아래 집들과 들판에서 이루어져요. 화로 앞이나 침대 안에서 말이에요. 그리고 밝아 오는 나날마다 똑같은 노고와 똑같은 결핍들에 직면하게 되지요. 결국 그것은 권태로움이에요, 멜레테. 들판을 새롭게 바꿔 주는 폭풍우가 있지요. 죽음이나 커다란 고통들도 절망하게 만들지는 못해요. 하지만 끝없는 노고, 매 순간 살아가기 위한 노력, 다른 사람들의 악에 대한 소식, 여름날의 파리들처럼 지겹고 천박한 악에 대한 소식, 그것은 바로 다리를 잘라내듯 고통스러운 삶이에요, 멜레테.

므네모시네 나는 가장 황량한 곳, 인적도 없고 안개 낀 절벽들에서 왔어. 그런데 그런 곳에도 삶이 열려 있어. 이 올리브나무들과 하늘 아래에 사는 너희는 그런 운명을 몰라. 너는 혹시 보이베[113] 늪이 어떤 곳인지 들어 본 적이 있어?

헤시오도스 아니요.

므네모시네 진흙과 갈대투성이인 안개 낀 황무지인데, 시간

---

113 고대 그리스 테살리아 지방의 호수로 호메로스의 「일리아스」 제2권에 나오는 유명한 〈함선 목록〉에서 언급된다(제2권 711행 참조).

이 처음 시작되었을 때처럼 정적이 흘러나오는 곳이지. 그곳의 배설물과 피에서 괴물들과 신들이 태어났어. 오늘날에도 테살리아 사람들은 그곳에 대해 거의 말하지 않아. 시간이나 계절도 그곳을 변화시키지 못해. 어떤 목소리도 그곳에는 닿지 않아.

헤시오도스 하지만 당신은 거기에 대해 말하잖아요, 멜레테. 그리고 그곳을 하나의 운명으로 만들었어요. 당신의 목소리가 그곳에 닿았어요. 이제 그곳은 무섭고 신성한 장소예요. 헬리콘 산의 하늘과 올리브나무들이 모든 삶은 아니에요.

므네모시네 하지만 권태로움도, 집으로 돌아가는 것도 모든 삶이 아니야. 인간은, 모든 인간은 그 피의 늪에서 태어난다는 것을 너는 몰라? 성스러운 것과 신성한 것은 침대 안이나 들판이나 화로 앞에 있는 너희에게도 함께 있다는 것을 몰라? 너희의 모든 몸짓은 어떤 신성한 것을 반복하는 거야. 밤이든 낮이든, 어느 한순간도, 가장 하찮은 것도 태초의 정적에서 흘러나오지 않는 것이 없어.

헤시오도스 당신이 말하면, 나는 당신에게 저항할 수 없어요, 멜레테. 최소한 당신을 존경하는 것으로 충분했으면 좋겠어요.

므네모시네 다른 방법이 있어, 사랑스러운 친구.

헤시오도스 무엇이에요?

므네모시네 네가 아는 그런 것들을 사람들에게 말해 보는 거야.

신들

― 산이 황량하군, 친구. 지난겨울의 붉은색 풀 위로 하얀 눈의 얼룩들이 있어. 켄타우로스의 털가죽 같아. 이 고원은 온통 그래. 사소한 것 하나만 바뀌어도 충분히 들판은 그런 것들이 일어났을 때와 똑같은 상태로 돌아올 거야.
― 그들이 정말로 그것들을 보았는지 궁금해.
― 누가 알겠어? 하지만 그래, 그들은 분명히 보았어. 그들은 그것들의 이름들을 말했고 더 이상 아무것도 말하지 않았어. 허구와 사실 사이의 차이는 모두 여기에 있어. 〈이런 것 또는 저런 것이 있었어.〉〈그는 이런 것을 했고, 저런 것을 말했어.〉 진실을 말하는 자는 만족하는 법이야. 다른 사람들이 자신을 믿지 않을 수 있다고 의심하지도 않아. 거짓말쟁이는 바로 우리야. 우리는 그런 것들을 전혀 본 적이 없으면서도, 켄타우로스의 털가죽이 어떤지 또는 이카리오스의 마당에 있는 포도송이의 색깔이 무엇인지 자세하게 알고 있으니까 말이야.

- 어느 언덕, 산꼭대기, 해변으로 충분해. 그곳이 외딴 장소이기만 하면, 네 눈은 그곳을 거슬러 올라가 하늘에 머물게 되지. 허공에서 사물이 믿을 수 없을 정도로 두드러지게 보이는 것은 여전히 감동을 주지. 나로서는 하늘을 배경으로 모습을 드러내는 어느 나무, 돌멩이가 처음부터 신이었다고 믿어.
- 그런 것들이 언제나 산 위에 있었던 것은 아니지.
- 물론이야. 먼저 땅의 목소리들, 그러니까 샘물들, 뿌리들, 뱀들이 있었어. 만약 다이몬이 땅과 하늘을 연결시킨다면, 땅속의 어둠으로부터 빛으로 나와야 해.
- 모르겠어. 그 사람들은 너무 많은 것을 알고 있었어. 단순한 이름 하나로 그들은 구름, 숲, 운명에 대해 이야기했어. 우리가 겨우 알고 있는 것을 그들은 분명히 보았어. 꿈속에서 헤맬 시간도 없었고, 그럴 만한 의욕도 없었어. 그들은 엄청나고 믿을 수 없는 것들을 보았는데 놀라지도 않았어. 그것이 무엇인지 알고 있었지. 만약 그들이 거짓말을 했다면, 그렇다면 너도 〈아침이다〉 또는 〈비가 올 것이다〉 하고 말할 때 정신을 잃었을 거야.
- 그들은 이름들을 말했어. 그것은 맞아. 이따금 나는 사물이 먼저였을까, 아니면 이름이 먼저였을까 자문할 정도야.
- 동시에 있었지. 내 말을 믿어. 그리고 바로 여기, 이 황량하고 외로운 곳이었어. 그들이 이 위에까지 올라왔다는 사실에 놀라야 할까? 그 사람들이 여기에서 신들과의 만남 이외에 다른 무엇을 찾을 수 있었겠어?

- 무엇 때문에 그들이 여기에서 멈추었는지 누가 알겠어? 하지만 모든 버림받은 장소에는 공허감, 기대감이 남아 있지.
- 이 위에서는 다른 어떤 것을 생각하는 것이 불가능해. 이런 장소들은 영원히 이름을 갖고 있어. 하늘 아래 풀 이외에는 아무것도 남아 있지 않아. 하지만 한 줄기 바람이 숲속의 폭풍우보다 더 요란한 소음을 기억 속에 불러일으키지. 공허감도 없고 기대감도 없어. 과거에 있었던 것은 영원히 존재해.
- 하지만 그들은 죽었고 묻혔어. 이제 장소들은 그들이 존재하기 이전의 상태와 똑같아. 그들이 말한 게 사실이었을 거라는 네 생각에 나는 동의하고 싶어. 다른 무엇이 남아 있어? 더 이상 오솔길에서 신들을 만날 수 없다는 것을 너도 인정할 거야. 내가 〈아침이다〉 또는 〈비가 올 것이다〉 하고 말할 때, 그들에 대해 말하는 게 아니야.
- 어젯밤 우리는 거기에 대해 말했지. 어제 너는 여름에 대해 말했고, 저녁에 미지근한 공기를 호흡하고 싶다는 욕망에 대해 말했어. 다른 경우 대개 너는 인간에 대해, 너와 함께 있던 사람들에 대해, 과거의 네 취향들에 대해, 예기치 않은 만남들에 대해 이야기하지. 그 모든 것이 예전에 있었던 것들이야. 분명히 말하지만, 나는 네 이야기를 들으면서 마치 내 안에서 그 옛날의 이름들을 다시 듣는 것 같았어. 네가 아는 것에 대해 이야기할 때, 나는 〈무엇이 남아 있어?〉 하고 묻거나, 또는 사물이 먼저였을까, 아니면 이름이 먼저였을까 질문하지 않아. 나는 너와 함께 살

고, 내가 살아 있다는 것을 느껴.
- 예전에 있었던 게 사실인 것처럼 살아가기는 쉽지 않아. 어제 황무지에서 안개가 우리를 감싸고 있는 동안 언덕에서 돌멩이 몇 개가 우리 발치로 굴러 내려왔을 때, 우리는 신성한 것이나 믿을 수 없는 만남에 대해 생각하지도 않았고, 단지 밤의 어둠과 달아나는 토끼들에 대해 생각했을 뿐이야. 우리가 누구인지 또 우리가 무엇을 믿는지 하는 질문은 위험한 순간에 불안감에서 나오는 것이지.
- 어젯밤과 산토끼에 대해서는 우리가 집에 돌아갈 때 친구들과 함께 다시 이야기해도 멋질 거야. 하지만 그들이 손대는 모든 것이 필멸의 존재로 되었던 옛날 사람들의 고통을 생각하면, 그 두려움에 대해서는 미소를 지어야 할 거야. 그 사람들에게 허공은 밤의 공포, 신비로운 위협, 두려운 기억으로 가득했어. 단순히 궂은 날씨나 지진만 생각해 봐. 두말할 필요 없겠지만, 만약 그런 불안감이 사실이었다면, 만남의 약속들이 주는 힘에 대한 행복한 발견, 희망, 용기도 역시 사실이었을 거야. 나는 그들이 느끼던 밤의 공포와 그들이 희망하던 것들에 대한 이야기를 듣는 것이 지겹지 않아.
- 그럼 너는 괴물들을 믿어? 짐승으로 변한 육신들, 살아 있는 돌멩이들, 신성한 미소들, 허무하게 사라지는 언어를 믿어?
- 나는 모든 인간이 희망하고 체험했던 것을 믿어. 예전에 그들이 이 돌투성이 고원에 올라왔거나 하늘 아래의 치명

적인 늪들을 찾았던 것은, 거기에서 바로 우리가 모르는 무엇인가를 발견했기 때문이야. 그것은 빵도 아니었고, 쾌락이나 소중한 건강도 아니었어. 그런 것이 어디에 있는지 알고 있어. 여기는 아니야. 해변이나 들판에서 멀리 떨어져 살고 있는 우리는 다른 것을 잃어버렸어.

- 그럼 말해 봐, 그게 무엇인지.
- 너도 알고 있잖아. 그들의 그런 만남이야.

역자 해설
파베세의 신화 다시 읽기

  체사레 파베세Cesare Pavese는 작가로서의 명성과 명예가 절정에 이른 1950년 8월 26일 밤 마흔두 번째 생일을 두 주 앞두고 토리노에 있는 호텔 〈로마〉에서 평소 복용하던 수면제를 과다하게 먹고 스스로 죽음의 길을 택했다. 자아와 외부 세계 사이의 장벽을 넘지 못한 채 마치 군중 속의 외로운 섬처럼 살아온 그의 머리맡 테이블에는 수면제 봉지들과 함께 『레우코와의 대화Dialoghi con Leucò』가 한 부 놓여 있었다. 그리고 그 책 첫 페이지 여백에는 이런 마지막 작별의 글이 적혀 있었다. 〈나는 모두를 용서한다. 그리고 모두에게 용서를 구한다. 되었는가? 너무 수다를 떨지 않기를.〉

  그의 마지막 길을 곁에서 지켜보았고 우리에게 작별 인사를 전해 준 『레우코와의 대화』는 파베세가 각별한 애정을 기울인 작품이다. 하지만 그의 다른 작품들에 비해 독자에게 별로 인기가 없었고 당시의 비평계에서 커다란 주목을 받지도 못했다. 당대 현실의 문제가 아닌 과거의 신화를 소재로 삼은 데다 소설도 아니고 에세이도 아닌 일종의 실험적 작품이었기 때문이다. 사실 이 작품은 형식이나 내용에서 다른 작품들과 뚜렷한 대비를 이룬다. 같은 해에 출판된 소설 『동지 Il compagno』와 비교해 보아도 같은 작가가 쓴 작품이라고 보기 어려울 정도이다. 그리고 그런 만큼 그의 특징이 가장 잘 드러난 작품이며 가장 용기 있는 작품으로 평가되기도 한다.

『레우코와의 대화』는 제2차 세계 대전이 끝나고 이탈리아가 해방을 맞이한 지 얼마 지나지 않아 쓰였고 1947년에 출판되었다. 이 작품은 당시 파베세의 마음을 사로잡았던 여인 비안카 가루피 Bianca Garufi와 밀접하게 연관되어 있다. 파베세는 길지 않은 생애 동안 여러 여인에 대한 강렬하고도 열정적인 사랑을 통해 현실과 자아 사이의 장벽을 극복하려고 노력했지만 번번이 실패했고, 비안카와의 관계 역시 그에게 좌절감을 안겨 주었을 뿐이다. 두 사람은 당시 이탈리아 지성계의 요람이었던 에이나우디 Einaudi 출판사에서 함께 일하면서 가까워졌고, 비록 미완성으로 남았지만 공동으로 작품을 집필하기도 했다.

그녀의 이름 비안카는 〈하얗다〉는 형용사의 여성형으로 레우코는 바로 그녀를 가리킨다. 레우코는 이 작품에 나오는 등장인물 레우코테아를 애칭으로 줄인 말이다. 그렇다면 레우코테아는 누구인가? 그리스 신화에서 테바이의 왕 카드모스와 하르모니아의 딸 이노는 헤라의 분노 때문에 광기에 사로잡혀 자기 아들과 함께 바다에 뛰어들어 죽었는데, 아프로디테의 도움으로 바다의 여신 또는 님프가 되어 레우코테아라는 이름으로 불렀다고 한다. 그리스어 이름은 〈하얀 여신〉이라는 뜻으로, 하얗게 부서지는 파도 거품과 관련하여 그렇게 부른 것으로 해석된다. 또한 레우코테아가 바다의 여신이라는 사실은 비안카가 시칠리아 섬 출신이라는 사실과도 직접적으로 연결된다. 그러니까 레우코는 바로 비안카의 그리스어 이름인 것이다.

이 작품은 모두 27편의 〈대화〉로 구성되어 있는데, 26편은 이름이 명시된 두 등장인물이 나누는 간략한 대화로 되어 있고, 마지막 한 편은 마찬가지로 대화 형식을 취하고 있지만 구체적인 화자들이 누구인지 밝히지 않고 있다. 등장인물은 대부분 그리스 로마 신화에 나오는 신과 영웅, 괴물이며, 역사상 실존했던 인물로 헤시오도스와 레스보스 섬의 여류 시인 사포도 포함되어 있다. 그 외에 사냥꾼이나 목동, 거지, 신전의 창녀, 요정, 사티로스 등이 등장한다. 그들은 두 명씩 짝을 이루어 다양한 주제에 대해 대화를 나눈다. 대화들은 마치 희곡 대본처럼 직접 화법으로 이루어지는데, 대부분 짤막하고 간결하며 한 편의 분량은 그리 많지 않아 서너 페이지를 넘지 않는다. 그리고 각 대화 앞에는 고유의 소제목과 함께 대화의 배경이 되는 에피소드나 상황, 주제, 계기 등과 관련하여 짤막한 메모가 붙어 있는데, 그것은 대화의 안내자 역할을 하면서 동시에 작가의 목소리를 직접 들을 수 있는 계기를 마련해 준다.

이러한 특징은 초기에 발표한 시집 『피곤한 노동 *Lavorare*

stanca』과 대조를 이룬다. 초기의 시들은 당시 이탈리아의 지배적인 사조와는 달리 상당히 호흡이 길고 마치 산문 같은 성격을 지니고 있기 때문에 일반적으로 〈이야기 시〉로 일컬어진다. 반면에 『레우코와의 대화』는 문체나 표현 방식에 있어 서사성보다 시적 서정성을 지향하는 것처럼 보인다. 무엇보다 간결하면서 압축적이며 고도로 암시적인 언어를 사용하기 때문이다. 마치 『피곤한 노동』에서는 시의 운문이 산문을 지향하고, 『레우코와의 대화』에서는 산문이 운문을 지향하는 것처럼 보인다.

　『레우코와의 대화』에서는 한 가지 통일적인 주제를 찾아 일목요연하게 설명하기 어렵다. 파베세의 담론은 어떤 명료한 의미를 지향하는 것보다 다분히 추상적이고 상징적인 낱말에서 배어 나올 수 있는 다채로운 분위기와 뉘앙스를 순수한 상태로 전달하려는 것처럼 보인다. 그러한 표현의 모호한 암시성 때문에 사실 이 작품을 읽기는 쉽지 않다. 운명, 죽음, 절벽, 미소, 만남, 기억, 언어 등 자주 언급되는 낱말도 신화적인 분위기를 띤다. 그리고 마치 안개 속 사물처럼 흐릿하고 모호하며, 여러 가지 신비로운 의미로 충만해진다. 따라서 읽을수록 새로운 뉘앙스를 띠게 된다.

　그렇지만 암시적이고 모호한 대화들 속에서도 작가의 의도는 명백하게 드러나는데, 바로 고전 신화의 재해석을 통해 인간의 현실적 삶을 되짚어 보도록 만들려는 것이다. 그러니까 신화적 인물들 사이의 대화를 통해 인간의 삶과 죽음, 운명, 고통, 존재, 그리고 그것들을 지배하는 불가해한 법칙 같은 근본적인 주제들에 대해 이야기하면서 인간의 삶이 부딪혀야 하는 영원한 고뇌들을 폭로하고 분석한다.

신화는 분명 시간적으로나 공간적으로 현실과 동떨어진 세상에서 탄생했으며, 더구나 인간의 상상력이 창조해 낸 환상적이고 허구적인 세계에 대한 이야기이다. 그런데 파베세는 그 신화 이야기들에서 당면한 현실의 삶을 새롭게 바라보기 위한 실마리를 이끌어 내려고 한다. 현실을 바라보기 위한 거울로서 독창적인 신화 다시 읽기를 시도한 것인데, 그것은 바로 삭막하고 힘겨운 인간의 삶에 의미와 가치를 부여하기 위한 것이었다.

삶이란 〈피곤한 노동〉일 뿐이라고 생각하던 파베세에게 신화는 인간의 삶과 현실을 또 다른 관점에서 바라볼 수 있는 계기를 마련해 주었다. 그리고 그것은 종종 급진적인 신화 해석으로 이어진다. 그는 현재의 관점에서 고전 신화를 바라볼 뿐만 아니라 일부 에피소드에 대해 그 원인이나 배경을 새롭게 바꿈으로써 새로운 인식의 틀을 제공한다. 예를 들면 아테나이의 영웅 테세우스가 귀향길에 검은 돛을 내리고 흰 돛을 다는 것을 잊어버린 이야기, 저승에서 데려가던 에우리디케를 뒤돌아본 오르페우스의 이야기, 또는 아테나이의 이카리오스와 그의 딸 에리고네의 비극적인 이야기에 대해 파베세는 상당히 과격하고 급진적인 해석을 시도한다. 그리고 그런 해석은 우리의 호기심을 자극한다.

신과 인간을 구별하는 가장 두드러진 차이는 〈불멸〉과 〈필멸〉의 속성일 것이다. 모든 인간은 필연적으로 죽어야 한다는 사실은 인간의 삶을 결정짓는 첫 번째 숙명적 요인이다. 불멸의 올림포스 신들과 비교해 볼 때 필멸의 인간이 살아가야 하는 짧고 덧없는 삶은 분명 초라하고 보잘것없는 것이다. 필멸의 인간이 숙명적으로 받아들여야 하는 운명과 죽음에 대한 성찰은 이 작품의 가장 중요한 주제 중 하나이다. 신탁을 통해 드러나듯이 신화에 나오는 인간들의 운명은 대개 미리 정해져 있으며 제아무리 발버둥을 쳐도 거기에서 벗어날 수 없다. 오이디푸스 왕의 경우처럼 그들은 대부분 예정된 드라마의 비극적인 희생자가 되고 만다. 게다가 신화에서 운명이라는 이름으로 인간에게 가해지는 비극은 대부분 신들의 장난이나 변덕에서 비롯된 것이다.

그런 운명과 죽음 앞에서 인간은 분명 한없이 초라한 존재에 지나지 않는다. 그렇지만 역설적으로 인간의 삶에는 죽음이 있기 때문에, 말하자면 다시 반복될 수 없고 단 한 번으로 끝나기 때문에 나름대로의 의미가 있는지도 모른다. 그리고 바로 그 유한성 안에서 인간은 영원한 삶과 불멸의 길을 찾아내기도 한다. 예를 들면 이야기하기, 즉 문학을 통해 덧없는 삶을 영원한 것으로 만들 수도 있다. 끝부분의 대화 「무사 여신들」은 바로 그런 문학의 기능에 대해 말한다. 이야기는 지극히 짧은 한순간을 하나의 기억이자 모델로 전환시킴으로써 영원한 것으로 만드는 작업이며, 아주 하찮은 것에서도 어떤 성스럽고 신성한 것을 찾아내는 작업이다. 심지어 인간의 죽음까지 불멸로 만들 수 있다. 요즘 유행하는 용어로 표현하자면 스토리텔링을 통해 필멸의 한계를 넘어서고 영원함을 얻을 수 있다는 것이다.

이렇게 문학 작업을 통해 삶에 의미와 가치를 부여하려는 노력은 파베세 자신의 삶과 직접적으로 연결되어 있다. 삶의 막바지에 이를 때까지 그와 가장 가까이 있었던 일기에서 알 수 있듯이, 글쓰기는 자신의 내적 고통을 토로하고 동시에 다른 사람들과의 갈등을 해소하기 위한 거의 유일한 수단이었다. 또한 그것은 순간적인 것을 영원한 것으로 만들고 보잘것없는 삶에서 나름대로의 의미를 찾을 수 있는 길을 열어주었다. 그러나 다른 한편으로 파베세는 삶에서 비롯되는 욕망, 불안, 동요에서 벗어나기 위해 스스로 바다에 몸을 던진 레스보스 섬의 사포처럼 죽음을 통해 자유를 찾으려고 했다. 이러한 두 가지 해결책의 격렬한 충돌에서 이제 그의 글들만이 남아 있다. 그리고 그 작품들을 통해 그는 지금도 우리 곁에 살아 있다.

번역은 *Dialoghi con Leucò*(Torino, Einaudi, 1947)을 저본으로 삼았다. 그리스 로마 신화에 익숙하지 못한 독자를 위해 적지 않은 분량의 역주를 사족처럼 달았는데, 읽기에 방해가 되지 않기를 바란다.

하양 금락골에서
김운찬

체사레 파베세 연보

1908년 출생 9월 9일 이탈리아 북서부 피에몬테 지방의 작은 소읍 산토 스테파노 벨보에서 태어남. 아버지는 토리노 법원의 직원이었는데, 산토 스테파노 벨보에 집과 약간의 땅을 갖고 있었고, 이곳에서 휴가를 보내곤 함.

1914년 6세 아버지가 뇌종양으로 사망. 파베세는 산토 스테파노 벨보에서 초등학교에 다니면서 어린 시절을 보냄.

1916년 8세 어머니는 산토 스테파노 벨보의 집을 팔고 토리노 근교에 있는 집을 구입함.

1921~1922년 13~14세 토리노에서 중학교에 다님.

1923년 15세 다젤리오D'Azeglio 고등학교에 입학. 아우구스토 몬티Augusto Monti 교수를 만나 그에게서 많은 영향을 받음.

1929년 21세 〈허스키한 목소리의 여인〉 티나Tina를 알게 됨.

1930년 22세 어머니 사망. 월트 휘트먼Walt Whitman에 대한 논문으로 토리노 대학교 졸업.

1931년 23세 처음으로 싱클레어 루이스H. Sinclair Lewis의 소설

『우리 회사 사원 렌*Our Mr. Wrenn*』을 번역하여 출판함.

1932년 24세   허먼 멜빌Herman Melville의『모비 딕*Moby Dick*』을 번역하여 출판함.

1935년 27세   공산당 비밀 당원이던 여자를 도와주었다는 혐의로 체포되어 유배형을 선고받고, 이탈리아 남부 칼라브리아 지방의 브란칼레오네에서 유배 생활을 시작함. 이때부터 자신의 내면세계를 고백하는 일기를 쓰기 시작하였고, 자살하기 얼마 전까지 계속된 그의 일기는 1952년『삶이라는 직업*Il mestiere di vivere*』으로 출판됨.

1936년 28세   사면을 받고 토리노로 돌아감. 첫 시집인『피곤한 노동*Lavorare stanca*』출판. 에이나우디Einaudi 출판사에서 일하기 시작하면서 초기 소설들을 구상함.

1938년 30세   에이나우디 출판사의 정식 직원으로 근무함.

1939년 31세   찰스 디킨스Charles J. H. Dickens의『데이비드 코퍼필드*David Copperfield*』를 번역하여 출판함.

1941년 33세   「너의 고향Paesi tuoi」,「해변La spiaggia」을 잡지에 연재 함.

1942년 34세   『해변』을 단행본으로 출판함.

1943년 35세   에이나우디 출판사의 로마 지사 책임자로 파견됨. 군대에 소집되었으나 천식으로 귀향.

1944년 36세   잠바티스타 비코Giambattista Vico를 다시 읽으면서 신화에 대해 숙고함. 짧은 기간 종교적 위기를 겪음.

1945년 37세   이탈리아 공산당에 입당하고 당의 기관지인「루니타L'Unità」의 편집에 참여함. 비안카 가루피Bianca Garufi를 알게 됨.

1947년 39세   『동지*Il compagno*』,『레우코와의 대화*Dialoghi con Leucò*』출판.

1948년 40세 『닭이 울기 전에*Prima che il gallo canti*』,『언덕 위에 집 *La casa in collina*』 출판. 살렌토Salento 문학상 수상.

1949년 41세 3부작 『아름다운 여름*La bella estate*』 출판.

1950년 42세 『달과 화톳불*La luna e i falò*』 출판. 로마에서 미국 여배우 콘스탄스 다울링Constance Dowling을 만나 사랑에 빠지고, 그녀를 위한 연작시 「죽음이 다가와 네 눈을 가져가리Verrà la morte e avrà i tuoi occhi」를 씀. 『아름다운 여름』으로 스트레가Strega 문학상 수상. 8월 26일 밤 호텔 〈로마〉의 한 방에서 2년 전부터 사용하던 수면제 20여 봉지를 먹고 스스로 삶을 마감함.

1952년 일기 모음집 『삶이라는 직업』 출판.

1959년 비안카 가루피와 공동으로 집필한 미완성 소설 『위대한 불 *Grande fuoco*』 출판.

열린책들 세계문학 153 레우코와의 대화

옮긴이 김운찬 1957년생으로 한국외국어대학교 이탈리아어과와 동 대학원을 졸업하였고, 이탈리아 볼로냐 대학교에서 움베르토 에코의 지도하에 화두(話頭)에 대한 기호학적 분석으로 박사 학위를 취득하였으며, 현재 대구가톨릭대학교 문과대학 이탈리아어과 교수로 재직 중이다. 저서로 『현대 기호학과 문화 분석』, 『신곡 ― 저승에서 이승을 바라보다』가 있으며, 옮긴 책으로 단테의 『신곡』, 에코의 『번역한다는 것』, 『논문 잘 쓰는 방법』, 『나는 독자를 위해 글을 쓴다』, 『거짓말의 전략』, 『이야기 속의 독자』, 『대중문화의 이데올로기』, 『신문이 살아남는 방법』, 칼비노의 『우주 만화』, 『마르코발도』, 모라비아의 『로마 여행』, 파베세의 『피곤한 노동』, 과레스키의 『신부님 우리 신부님』 등이 있다.

지은이 체사레 파베세 **옮긴이** 김운찬 **발행인** 홍예빈 · 홍유진
발행처 주식회사 열린책들 **주소** 경기도 파주시 문발로 253 파주출판도시
전화 031-955-4000 **팩스** 031-955-4004 **홈페이지** www.openbooks.co.kr
Copyright (C) 주식회사 열린책들, 2010, Printed in Korea.
ISBN 978-89-329-1153-3 04880 **발행일** 2010년 12월 30일 세계문학판 1쇄 2021년 11월 15일 세계문학판 3쇄

이 도서의 국립중앙도서관 출판시도서목록(CIP)은 e-CIP 홈페이지(http://www.nl.go.kr/ecip)에서 이용하실 수 있습니다. (CIP제어번호 : CIP2010004542)

열린책들 세계문학
Open Books World Literature

001 **죄와 벌** 표도르 도스또예프스끼 장편소설 | 홍대화 옮김 | 전2권 | 각 408, 512면

003 **최초의 인간** 알베르 카뮈 장편소설 | 김화영 옮김 | 392면

004 **소설** 제임스 미치너 장편소설 | 윤희기 옮김 | 전2권 | 각 280, 368면

006 **개를 데리고 다니는 부인** 안똔 체호프 소설선집 | 오종우 옮김 | 368면

007 **우주 만화** 이탈로 칼비노 단편집 | 김운찬 옮김 | 416면

008 **댈러웨이 부인** 버지니아 울프 장편소설 | 최애리 옮김 | 296면

009 **어머니** 막심 고리끼 장편소설 | 최윤락 옮김 | 544면

010 **변신** 프란츠 카프카 중단편집 | 홍성광 옮김 | 464면

011 **전도서에 바치는 장미** 로저 젤라즈니 중단편집 | 김상훈 옮김 | 432면

012 **대위의 딸** 알렉산드르 뿌쉬낀 장편소설 | 석영중 옮김 | 240면

013 **바다의 침묵** 베르코르 소설선집 | 이상해 옮김 | 256면

014 **원수들, 사랑 이야기** 아이작 싱어 장편소설 | 김진준 옮김 | 320면

015 **백치** 표도르 도스또예프스끼 장편소설 | 김근식 옮김 | 전2권 | 각 504, 528면

017 **1984년** 조지 오웰 장편소설 | 박경서 옮김 | 392면

019 **이상한 나라의 앨리스** 루이스 캐럴 환상동화 | 머빈 피크 그림 | 최용준 옮김 | 336면

020 **베네치아에서의 죽음** 토마스 만 중단편집 | 홍성광 옮김 | 432면

021 **그리스인 조르바** 니코스 카잔차키스 장편소설 | 이윤기 옮김 | 488면

022 **벚꽃 동산** 안똔 체호프 희곡선집 | 오종우 옮김 | 336면

023 **연애 소설 읽는 노인** 루이스 세풀베다 장편소설 | 정창 옮김 | 192면

024 **젊은 사자들** 어윈 쇼 장편소설 | 정영문 옮김 | 전2권 | 각 416, 408면

026 **젊은 베르테르의 슬픔** 요한 볼프강 폰 괴테 장편소설 | 김인순 옮김 | 240면

027 **시라노** 에드몽 로스탕 희곡 | 이상해 옮김 | 256면

028 **전망 좋은 방** E. M. 포스터 장편소설 | 고정아 옮김 | 352면

029 **까라마조프 씨네 형제들** 표도르 도스또예프스끼 장편소설 | 이대우 옮김 | 전3권 | 각 496, 496, 460면

032 **프랑스 중위의 여자** 존 파울즈 장편소설 | 김석희 옮김 | 전2권 | 각 344면

034 **소립자** 미셸 우엘벡 장편소설 | 이세욱 옮김 | 448면

035 **영혼의 자서전** 니코스 카잔차키스 자서전 | 안정효 옮김 | 전2권 | 각 352, 408면

037 **우리들** 예브게니 자먀찐 장편소설 | 석영중 옮김 | 320면
038 **뉴욕 3부작** 폴 오스터 장편소설 | 황보석 옮김 | 480면
039 **닥터 지바고** 보리스 빠스쩨르나끄 장편소설 | 박형규 옮김 | 전2권 | 각 400, 512면
041 **고리오 영감** 오노레 드 발자크 장편소설 | 임희근 옮김 | 456면
042 **뿌리** 알렉스 헤일리 장편소설 | 안정효 옮김 | 전2권 | 각 400, 448면
044 **백년보다 긴 하루** 친기즈 아이뜨마또프 장편소설 | 황보석 옮김 | 560면
045 **최후의 세계** 크리스토프 란스마이어 장편소설 | 장희권 옮김 | 264면
046 **추운 나라에서 돌아온 스파이** 존 르카레 장편소설 | 김석희 옮김 | 368면
047 **산도칸 ― 몸프라쳄의 호랑이** 에밀리오 살가리 장편소설 | 유향란 옮김 | 428면
048 **기적의 시대** 보리스라프 페키치 장편소설 | 이윤기 옮김 | 560면
049 **그리고 죽음** 짐 크레이스 장편소설 | 김석희 옮김 | 224면
050 **세설** 다니자키 준이치로 장편소설 | 송태욱 옮김 | 전2권 | 각 480면
052 **세상이 끝날 때까지 아직 10억 년** 스뜨루가츠끼 형제 장편소설 | 석영중 옮김 | 224면
053 **동물 농장** 조지 오웰 장편소설 | 박경서 옮김 | 208면
054 **캉디드 혹은 낙관주의** 볼테르 장편소설 | 이봉지 옮김 | 232면
055 **도적 떼** 프리드리히 폰 실러 희곡 | 김인순 옮김 | 264면
056 **플로베르의 앵무새** 줄리언 반스 장편소설 | 신재실 옮김 | 320면
057 **악령** 표도르 도스또예프스끼 장편소설 | 박혜경 옮김 | 전3권 | 각 328, 408, 528면
060 **의심스러운 싸움** 존 스타인벡 장편소설 | 윤희기 옮김 | 340면
061 **몽유병자들** 헤르만 브로흐 장편소설 | 김경연 옮김 | 전2권 | 각 568, 544면
063 **몰타의 매** 대실 해밋 장편소설 | 고정아 옮김 | 304면
064 **마야꼬프스끼 선집** 블라지미르 마야꼬프스끼 선집 | 석영중 옮김 | 384면
065 **드라큘라** 브램 스토커 장편소설 | 이세욱 옮김 | 전2권 | 각 340, 344면
067 **서부 전선 이상 없다** 에리히 마리아 레마르크 장편소설 | 홍성광 옮김 | 336면
068 **적과 흑** 스탕달 장편소설 | 임미경 옮김 | 전2권 | 각 432, 368면
070 **지상에서 영원으로** 제임스 존스 장편소설 | 이종인 옮김 | 전3권 | 각 396, 380, 496면
073 **파우스트** 요한 볼프강 폰 괴테 희곡 | 김인순 옮김 | 568면
074 **쾌걸 조로** 존스턴 매컬리 장편소설 | 김훈 옮김 | 316면
075 **거장과 마르가리따** 미하일 불가꼬프 장편소설 | 홍대화 옮김 | 전2권 | 각 364, 328면
077 **순수의 시대** 이디스 워튼 장편소설 | 고정아 옮김 | 448면
078 **검의 대가** 아르투로 페레스 레베르테 장편소설 | 김수진 옮김 | 384면

- 079 **예브게니 오네긴** 알렉산드르 뿌쉬낀 운문소설 | 석영중 옮김 | 328면
- 080 **장미의 이름** 움베르토 에코 장편소설 | 이윤기 옮김 | 전2권 | 각 440, 448면
- 082 **향수** 파트리크 쥐스킨트 장편소설 | 강명순 옮김 | 384면
- 083 **여자를 안다는 것** 아모스 오즈 장편소설 | 최창모 옮김 | 280면
- 084 **나는 고양이로소이다** 나쓰메 소세키 장편소설 | 김난주 옮김 | 544면
- 085 **웃는 남자** 빅토르 위고 장편소설 | 이형식 옮김 | 전2권 | 각 472, 496면
- 087 **아웃 오브 아프리카** 카렌 블릭센 장편소설 | 민승남 옮김 | 480면
- 088 **무엇을 할 것인가** 니꼴라이 체르니셰프스끼 장편소설 | 서정록 옮김 | 전2권 | 각 360, 404면
- 090 **도나 플로르와 그녀의 두 남편** 조르지 아마두 장편소설 | 오숙은 옮김 | 전2권 | 각 408, 308면
- 092 **미사고의 숲** 로버트 홀드스톡 장편소설 | 김상훈 옮김 | 424면
- 093 **신곡** 단테 알리기에리 장편서사시 | 김운찬 옮김 | 전3권 | 각 292, 296, 328면
- 096 **교수** 샬럿 브론테 장편소설 | 배미영 옮김 | 368면
- 097 **노름꾼** 표도르 도스또예프스끼 장편소설 | 이재필 옮김 | 320면
- 098 **하워즈 엔드** E. M. 포스터 장편소설 | 고정아 옮김 | 512면
- 099 **최후의 유혹** 니코스 카잔차키스 장편소설 | 안정효 옮김 | 전2권 | 각 408면
- 101 **키리냐가** 마이크 레스닉 장편소설 | 최용준 옮김 | 464면
- 102 **바스커빌가의 개** 아서 코넌 도일 장편소설 | 조영학 옮김 | 264면
- 103 **버마 시절** 조지 오웰 장편소설 | 박경서 옮김 | 408면
- 104 **10 1/2장으로 쓴 세계 역사** 줄리언 반스 장편소설 | 신재실 옮김 | 464면
- 105 **죽음의 집의 기록** 표도르 도스또예프스끼 장편소설 | 이덕형 옮김 | 528면
- 106 **소유** 앤토니어 수전 바이어트 장편소설 | 윤희기 옮김 | 전2권 | 각 440, 488면
- 108 **미성년** 표도르 도스또예프스끼 장편소설 | 이상룡 옮김 | 전2권 | 각 512, 544면
- 110 **성 앙투안느의 유혹** 귀스타브 플로베르 희곡소설 | 김용은 옮김 | 584면
- 111 **밤으로의 긴 여로** 유진 오닐 희곡 | 강유나 옮김 | 240면
- 112 **마법사** 존 파울즈 장편소설 | 정영문 옮김 | 전2권 | 각 512, 552면
- 114 **스쩨빤치꼬보 마을 사람들** 표도르 도스또예프스끼 장편소설 | 변현태 옮김 | 416면
- 115 **플랑드르 거장의 그림** 아르투로 페레스 레베르테 장편소설 | 정창 옮김 | 512면
- 116 **분신** 표도르 도스또예프스끼 장편소설 | 석영중 옮김 | 288면
- 117 **가난한 사람들** 표도르 도스또예프스끼 장편소설 | 석영중 옮김 | 256면
- 118 **인형의 집** 헨리크 입센 희곡 | 김창화 옮김 | 272면
- 119 **영원한 남편** 표도르 도스또예프스끼 장편소설 | 정명자 외 옮김 | 448면

120 **알코올** 기욤 아폴리네르 시집 | 황현산 옮김 | 352면
121 **지하로부터의 수기** 표도르 도스또예프스끼 장편소설 | 계동준 옮김 | 256면
122 **어느 작가의 오후** 페터 한트케 중편소설 | 홍성광 옮김 | 160면
123 **아저씨의 꿈** 표도르 도스또예프스끼 장편소설 | 박종소 옮김 | 312면
124 **네또츠까 네즈바노바** 표도르 도스또예프스끼 장편소설 | 박재만 옮김 | 316면
125 **곤두박질** 마이클 프레인 장편소설 | 최용준 옮김 | 528면
126 **백야 외** 표도르 도스또예프스끼 소설선집 | 석영중 외 옮김 | 408면
127 **살라미나의 병사들** 하비에르 세르카스 장편소설 | 김창민 옮김 | 304면
128 **뻬쩨르부르그 연대기 외** 표도르 도스또예프스끼 소설선집 | 이항재 옮김 | 296면
129 **상처받은 사람들** 표도르 도스또예프스끼 장편소설 | 윤우섭 옮김 | 전2권 | 각 296, 392면
131 **악어 외** 표도르 도스또예프스끼 소설선집 | 박혜경 외 옮김 | 312면
132 **허클베리 핀의 모험** 마크 트웨인 장편소설 | 윤교찬 옮김 | 416면
133 **부활** 레프 똘스또이 장편소설 | 이대우 옮김 | 전2권 | 각 308, 416면
135 **보물섬** 로버트 루이스 스티븐슨 장편소설 | 머빈 피크 그림 | 최용준 옮김 | 360면
136 **천일야화** 앙투안 갈랑 엮음 | 임호경 옮김 | 전6권 | 각 336, 328, 372, 392, 344, 320면
142 **아버지와 아들** 이반 뚜르게네프 장편소설 | 이상원 옮김 | 328면
143 **오만과 편견** 제인 오스틴 장편소설 | 원유경 옮김 | 480면
144 **천로 역정** 존 버니언 우화소설 | 이동일 옮김 | 432면
145 **대주교에게 죽음이 오다** 윌라 캐더 장편소설 | 윤명옥 옮김 | 352면
146 **권력과 영광** 그레이엄 그린 장편소설 | 김연수 옮김 | 384면
147 **80일간의 세계 일주** 쥘 베른 장편소설 | 고정아 옮김 | 352면
148 **바람과 함께 사라지다** 마거릿 미첼 장편소설 | 안정효 옮김 | 전3권 | 각 616, 640, 640면
151 **기탄잘리** 라빈드라나트 타고르 시집 | 장경렬 옮김 | 224면
152 **도리언 그레이의 초상** 오스카 와일드 장편소설 | 윤희기 옮김 | 384면
153 **레우코와의 대화** 체사레 파베세 희곡소설 | 김운찬 옮김 | 280면
154 **햄릿** 윌리엄 셰익스피어 희곡 | 박우수 옮김 | 256면
155 **맥베스** 윌리엄 셰익스피어 희곡 | 권오숙 옮김 | 176면
156 **아들과 연인** 데이비드 허버트 로런스 장편소설 | 최희섭 옮김 | 전2권 | 464, 432면
158 **그리고 아무 말도 하지 않았다** 하인리히 뵐 장편소설 | 홍성광 옮김 | 272면
159 **미덕의 불운** 싸드 장편소설 | 이형식 옮김 | 248면
160 **프랑켄슈타인** 메리 W. 셸리 장편소설 | 오숙은 옮김 | 320면

161 **위대한 개츠비** 프랜시스 스콧 피츠제럴드 장편소설 | 한애경 옮김 | 280면
162 **아Q정전** 루쉰 중단편집 | 김태성 옮김 | 320면
163 **로빈슨 크루소** 대니얼 디포 장편소설 | 류경희 옮김 | 456면
164 **타임머신** 허버트 조지 웰스 소설선집 | 김석희 옮김 | 304면
165 **제인 에어** 샬럿 브론테 장편소설 | 이미선 옮김 | 전2권 | 각 392, 384면
167 **풀잎** 월트 휘트먼 시집 | 허현숙 옮김 | 280면
168 **표류자들의 집** 기예르모 로살레스 장편소설 | 최유정 옮김 | 216면
169 **배빗** 싱클레어 루이스 장편소설 | 이종인 옮김 | 520면
170 **이토록 긴 편지** 마리아마 바 장편소설 | 백선희 옮김 | 192면
171 **느릅나무 아래 욕망** 유진 오닐 희곡 | 손동호 옮김 | 168면
172 **이방인** 알베르 카뮈 장편소설 | 김예령 옮김 | 208면
173 **미라마르** 나기브 마푸즈 장편소설 | 허진 옮김 | 288면
174 **지킬 박사와 하이드 씨** 로버트 루이스 스티븐스 소설선집 | 조영학 옮김 | 320면
175 **루진** 이반 뚜르게녜프 장편소설 | 이항재 옮김 | 264면
176 **피그말리온** 조지 버나드 쇼 희곡 | 김소임 옮김 | 256면
177 **목로주점** 에밀 졸라 장편소설 | 유기환 옮김 | 전2권 | 각 336면
179 **엠마** 제인 오스틴 장편소설 | 이미애 옮김 | 전2권 | 각 336, 360면
181 **비숍 살인 사건** S. S. 밴 다인 장편소설 | 최인자 옮김 | 464면
182 **우신예찬** 에라스무스 풍자문 | 김남우 옮김 | 296면
183 **하자르 사전** 밀로라드 파비치 장편소설 | 신현철 옮김 | 488면
184 **테스** 토머스 하디 장편소설 | 김문숙 옮김 | 전2권 | 각 392, 336면
186 **투명 인간** 허버트 조지 웰스 장편소설 | 김석희 옮김 | 288면
187 **93년** 빅토르 위고 장편소설 | 이형식 옮김 | 전2권 | 각 288, 360면
189 **젊은 예술가의 초상** 제임스 조이스 장편소설 | 성은애 옮김 | 384면
190 **소네트집** 윌리엄 셰익스피어 연작시집 | 박우수 옮김 | 200면
191 **메뚜기의 날** 너새니얼 웨스트 장편소설 | 김진준 옮김 | 280면
192 **나사의 회전** 헨리 제임스 중편소설 | 이승은 옮김 | 256면
193 **오셀로** 윌리엄 셰익스피어 희곡 | 권오숙 옮김 | 216면
194 **소송** 프란츠 카프카 장편소설 | 김재혁 옮김 | 376면
195 **나의 안토니아** 윌라 캐더 장편소설 | 전경자 옮김 | 368면
196 **자성록** 마르쿠스 아우렐리우스 명상록 | 박민수 옮김 | 240면

197 **오레스테이아** 아이스킬로스 비극 | 두행숙 옮김 | 336면
198 **노인과 바다** 어니스트 헤밍웨이 소설선집 | 이종인 옮김 | 320면
199 **무기여 잘 있거라** 어니스트 헤밍웨이 장편소설 | 이종인 옮김 | 464면
200 **서푼짜리 오페라** 베르톨트 브레히트 희곡선집 | 이은희 옮김 | 320면
201 **리어 왕** 윌리엄 셰익스피어 희곡 | 박우수 옮김 | 224면
202 **주홍 글자** 너새니얼 호손 장편소설 | 곽영미 옮김 | 360면
203 **모히칸족의 최후** 제임스 페니모어 쿠퍼 장편소설 | 이나경 옮김 | 512면
204 **곤충 극장** 카렐 차페크 희곡선집 | 김선형 옮김 | 360면
205 **누구를 위하여 종은 울리나** 어니스트 헤밍웨이 장편소설 | 이종인 옮김 | 전2권 | 각 416, 400면
207 **타르튀프** 몰리에르 희곡선집 | 신은영 옮김 | 416면
208 **유토피아** 토머스 모어 소설 | 전경자 옮김 | 288면
209 **인간과 초인** 조지 버나드 쇼 희곡 | 이후지 옮김 | 320면
210 **페드르와 이폴리트** 장 라신 희곡 | 신정아 옮김 | 200면
211 **말테의 수기** 라이너 마리아 릴케 장편소설 | 안문영 옮김 | 320면
212 **등대로** 버지니아 울프 장편소설 | 최애리 옮김 | 328면
213 **개의 심장** 미하일 불가꼬프 중편소설집 | 정연호 옮김 | 352면
214 **모비 딕** 허먼 멜빌 장편소설 | 강수정 옮김 | 전2권 | 각 464, 488면
216 **더블린 사람들** 제임스 조이스 단편소설집 | 이강훈 옮김 | 336면
217 **마의 산** 토마스 만 장편소설 | 윤순식 옮김 | 전3권 | 각 496, 488, 512면
220 **비극의 탄생** 프리드리히 니체 | 김남우 옮김 | 320면
221 **위대한 유산** 찰스 디킨스 장편소설 | 류경희 옮김 | 전2권 | 각 432, 448면
223 **사람은 무엇으로 사는가** 레프 똘스또이 소설선집 | 윤새라 옮김 | 464면
224 **자살 클럽** 로버트 루이스 스티븐슨 소설선집 | 임종기 옮김 | 272면
225 **채털리 부인의 연인** 데이비드 허버트 로런스 장편소설 | 이미선 옮김 | 전2권 | 각 336, 328면
227 **데미안** 헤르만 헤세 장편소설 | 김인순 옮김 | 264면
228 **두이노의 비가** 라이너 마리아 릴케 시 선집 | 손재준 옮김 | 504면
229 **페스트** 알베르 카뮈 장편소설 | 최윤주 옮김 | 432면
230 **여인의 초상** 헨리 제임스 장편소설 | 정상준 옮김 | 전2권 | 각 520, 544면
232 **성** 프란츠 카프카 장편소설 | 이재황 옮김 | 560면
233 **차라투스트라는 이렇게 말했다** 프리드리히 니체 산문시 | 김인순 옮김 | 464면
234 **노래의 책** 하인리히 하이네 시집 | 이재영 옮김 | 384면

235 **변신 이야기** 오비디우스 서사시 | 이종인 옮김 | 632면

236 **안나 까레니나** 레프 똘스또이 장편소설 | 이명현 옮김 | 전2권 | 각 800, 736면

238 **이반 일리치의 죽음·광인의 수기** 레프 똘스또이 중단편집 | 석영중·정지원 옮김 | 232면

239 **수레바퀴 아래서** 헤르만 헤세 장편소설 | 강명순 옮김 | 272면

240 **피터 팬** J. M. 배리 장편소설 | 최용준 옮김 | 272면

241 **정글 북** 러디어드 키플링 중단편집 | 오숙은 옮김 | 272면

242 **한여름 밤의 꿈** 윌리엄 셰익스피어 희곡 | 박우수 옮김 | 160면

243 **좁은 문** 앙드레 지드 장편소설 | 김화영 옮김 | 264면

244 **모리스** E. M. 포스터 장편소설 | 고정아 옮김 | 408면

245 **브라운 신부의 순진** 길버트 키스 체스터턴 단편집 | 이상원 옮김 | 336면

246 **각성** 케이트 쇼팽 장편소설 | 한애경 옮김 | 272면

247 **뷔히너 전집** 게오르크 뷔히너 지음 | 박종대 옮김 | 400면

248 **디미트리오스의 가면** 에릭 앰블러 장편소설 | 최용준 옮김 | 424면

249 **베르가모의 페스트 외** 옌스 페테르 야콥센 중단편 전집 | 박종대 옮김 | 208면

250 **폭풍우** 윌리엄 셰익스피어 희곡 | 박우수 옮김 | 176면

251 **어셴든, 영국 정보부 요원** 서머싯 몸 연작 소설집 | 이민아 옮김 | 416면

252 **기나긴 이별** 레이먼드 챈들러 장편소설 | 김진준 옮김 | 600면

253 **인도로 가는 길** E. M. 포스터 장편소설 | 민승남 옮김 | 552면

254 **올랜도** 버지니아 울프 장편소설 | 이미애 옮김 | 376면

255 **시지프 신화** 알베르 카뮈 지음 | 박언주 옮김 | 264면

256 **조지 오웰 산문선** 조지 오웰 지음 | 허진 옮김 | 424면

257 **로미오와 줄리엣** 윌리엄 셰익스피어 희곡 | 도해자 옮김 | 200면

258 **수용소군도** 알렉산드르 솔제니찐 기록문학 | 김학수 옮김 | 전6권 | 각 460면 내외

264 **스웨덴 기사** 레오 페루츠 장편소설 | 강명순 옮김 | 336면

265 **유리 열쇠** 대실 해밋 장편소설 | 홍성영 옮김 | 328면

266 **로드 짐** 조지프 콘래드 장편소설 | 최용준 옮김 | 608면

267 **푸코의 진자** 움베르토 에코 장편소설 | 이윤기 옮김 | 전3권 | 각 392, 384, 416면

270 **공포로의 여행** 에릭 앰블러 장편소설 | 최용준 옮김 | 376면

271 **심판의 날의 거장** 레오 페루츠 장편소설 | 신동화 옮김 | 264면

272 **에드거 앨런 포 단편선** 에드거 앨런 포 지음 | 김석희 옮김 | 392면

273 **수전노 외** 몰리에르 희곡선집 | 신정아 옮김 | 424면

각 권 8,800~15,800원